万事都要全力以赴，
包括开心

WANSHI DOUYAO
QUANLIYIFU
BAOKUO KAIXIN

丰子恺 / 等著

中国致公出版社

好好地接受自己的普通,
　　然后努力地去做到与众不同

目录 Contents

第一章
人活着，就得有点坚持

人总要待在一种什么东西里，沉溺其中。
苟有所得，才能实证自己的存在，
切实地掂出自己的价值。

002　给我的孩子们 / 丰子恺
007　书画自娱 / 汪曾祺
010　诗人 / 梁实秋
015　水墨文字 / 冯骥才
025　访笺杂记 / 郑振铎
036　三年写作自述 / 老舍
050　人之所以为人 / 汪曾祺
057　谁能万里一身行 / 冯骥才
062　悼齐如山先生 / 梁实秋
067　记黄小泉先生 / 郑振铎

第二章
在庸常的世界里，发现细微的美好

现实的世界退缩了，想象的世界放大了。
我们想象的放大，
不也就是我们人格的放大？
放大到感染一切时，
整个的世界也因而富有情思了。

072　闲居 / 丰子恺

076　江行的晨暮 / 朱湘

078　胸无成竹的快乐 / 冯骥才

080　书房的窗子 / 杨振声

085　雪 / 鲁彦

090　巴黎的书摊 / 戴望舒

098　山中的历日 / 郑振铎

105　在安静中盛享人生的清凉 / 马德

108　我们的太平洋 / 鲁彦

114　拜访 / 杨振声

第三章
饭菜朴素也要吃得丰盛

我常看到北方的劳苦人民,辛劳一天,
然后拿着一大块锅盔,
捧着一黑皮大碗的冻豆腐粉丝熬白菜,
稀里呼噜地吃,
我知道他自食其力,他很快乐。

118 豆腐 / 梁实秋

121 葵·薤 / 汪曾祺

127 萝卜与白薯 / 周作人

129 烙饼 / 梁实秋

132 爆炒米花 / 丰子恺

136 风飘果市香 / 张恨水

139 吃菜 / 周作人

144 核桃酪 / 梁实秋

147 槐阴呓语 / 张恨水

149 谈酒 / 周作人

第四章
人生是一场爱自己的旅行

像我这样劳碌的生命,
居然能够抽出空闲的时间来听秋蝉最后的哀调,
看枫叶鲜艳的色彩,
领略丹桂清绝的残香——
灵魂绝对的解放,
这真是万千之喜。

154 　时光 / 冯骥才

158 　说自我 / 朱湘

160 　"儿时" / 瞿秋白

162 　从旅到旅 / 缪崇群

164 　被批评 / 杨振声

167 　科学的人生观 / 胡适

172 　秋光中的西湖 / 庐隐

182 　习惯 / 老舍

185 　书 / 朱湘

189 　他们尽是可爱的! / 章衣萍

第五章

纵使慢，也要驰而不息

正因为我们今日的种种苦痛
都是从前努力不够的结果，
所以我们将来的恢复与兴盛绝没有捷径，
只有努力工作一条窄路，
一点一滴地努力，一寸一尺地改善。

196　春 / 丰子恺

200　生活 / 瞿秋白

202　露沙 / 石评梅

207　青年人的苦闷 / 胡适

213　夏的歌颂 / 庐隐

215　再生的波兰 / 戴望舒

220　梦回 / 石评梅

226　彼此 / 林徽因

232　青年人怎样锻炼自己 / 谢觉哉

243　感谢和喜悦 / 废名

第一章
人活着，就得有点坚持

人总要待在一种什么东西里，沉溺其中。
苟有所得，才能实证自己的存在，
切实地掂出自己的价值。

万事都要全力以赴,
包括开心

给我的孩子们 / 丰子恺

我的孩子们！我憧憬于你们的生活，每天不止一次！我想委曲地说出来，使你们自己晓得。可惜到你们懂得我的话的意思的时候，你们将不复是可以使我憧憬的人了。这是何等可悲哀的事啊！

瞻瞻！你尤其可佩服。你是身心全部公开的真人。你什么事体都想拼命地用全副精力去对付。小小的失意，像花生米翻落地了，自己嚼了舌头了，小猫不肯吃糕了，你都要哭得嘴唇翻白，昏去一两分钟。外婆去普陀烧香买回来给你的泥人，你何等鞠躬尽瘁地抱他，喂他；有一天你自己失手把他打破了，你的号哭的悲哀，比大人们的破产，失恋，broken heart，丧考妣，全军覆没的悲哀都要真切。两把芭蕉扇做的脚踏车，麻雀牌堆成的火车，汽车，你何等认真地看待，挺直了嗓子叫"汪——""咕咕咕……"，来代替汽笛。宝姐姐讲故事给你听，说到"月亮姐姐挂下一只篮来，宝姐姐坐在篮里吊了上去，

第一章
人活着，就得有点坚持

瞻瞻在下面看"的时候，你何等激昂地同她争，说"瞻瞻要上去，宝姐姐在下面看！"甚至哭到漫姑面前去求审判。我每次剃了头，你真心地疑我变了和尚，好几时不要我抱。最是今年夏天，你坐在我膝上发现了我腋下的长毛，当作黄鼠狼的时候，你何等伤心，你立刻从我身上爬下去，起初眼瞪瞪地对我端详，继而大失所望地号哭，看看，哭哭，如同对被判定了死罪的亲友一样。你要我抱你到车站里去，多多益善地要买香蕉，满满地擒了两手回来，回到门口时你已经熟睡在我的肩上，手里的香蕉不知落在哪里去了。这是何等可佩服的真率、自然与热情！大人间的所谓"沉默""含蓄""深刻"的美德，比起你来，全是不自然的，病的，伪的！

你们每天做火车，做汽车，办酒，请菩萨，堆六面画，唱歌，全是自动的，创造创作的生活。大人们的呼号"归自然！""生活的艺术化！""劳动的艺术化！"在你们面前真是出丑得很了！依样画几笔画，写几篇文的人称为艺术家，创作家，对你们更要愧死！

你们的创作力，比大人真是强盛得多哩：**瞻瞻！**你的身体不及椅子的一半，却常常要搬动它，与它一同翻倒在地上；你又要把一杯茶横转来藏在抽斗里，要皮球停在壁上，要拉住火车的尾巴，要月亮出来，要天停止下雨。在这等小小的事件中，明明表示着你们的弱小的体力与智力不足以应付强盛的创作欲、表现欲的驱使，因而遭逢失败。然而你们是不受大自然的支配，不受人类社会的束缚的创造者，所以你的遭逢失败，例如火车尾巴拉不住，月亮呼不出来的时候，你们决不承认是事实的不可能，总以为是爹爹妈妈不肯帮你们办到，同不许你们弄自鸣钟同例，所以愤愤地哭了，你们的世界何等广大！

你们一定想：终天无聊地伏在案上弄笔的爸爸，终天闷闷地坐在窗下弄引线的妈妈，是何等无气性的奇怪的动物！你们所视为奇怪动物的我与你们的母亲，有时确实难为了你们，摧残了你们，回想起来，真是不安心得很！

阿宝！有一晚你拿软软的新鞋子，和自己脚上脱下来的鞋子，给凳子的脚穿了，划袜立在地上，得意地叫"阿宝两只脚，凳子四只脚"的时候，你母亲喊着"龌龊了袜子！"立刻擒你到藤榻上，动手毁坏你的创作。当你蹲在榻上注视你母亲动手毁坏的时候，你的小心里一定感到"母亲这种人，何等煞风景而野蛮"吧！

瞻瞻！有一天开明书店送了几册新出版的毛边的《音乐入门》来。我用小刀把书页一张一张地裁开来，你侧着头，站在桌边默默地看。后来我从学校回来，你已经在我的书架上拿了一本连史纸印的中国装的《楚辞》，把它裁破了十几页，得意地对我说："爸爸！瞻瞻也会裁了！"瞻瞻！这在你原是何等成功的欢喜，何等得意的作品！却被我一个惊骇的"哼！"字

第一章
人活着，就得有点坚持

喊得你哭了。那时候你也一定抱怨"爸爸何等不明"吧！

软软！你常常要弄我的长锋羊毫，我看见了总是无情地夺脱你。现在你一定轻视我，想道："你终于要我画你的画集的封面！"

最不安心的，是有时我还要拉一个你们所最怕的陆露沙医生来，教他用他的大手来摸你们的肚子，甚至用刀来在你们臂上割几下，还要教妈妈和漫姑擒住了你们的手脚，捏住了你们的鼻子，把很苦的水灌到你们的嘴里去。这在你们一定认为是太无人道的野蛮举动吧！

孩子们！你们果真抱怨我，我倒欢喜；到你们的抱怨变为感激的时候，我的悲哀来了！

我在世间，永没有逢到像你们这样出肺肝相示的人。世间的人群结合，永没有像你们样的彻底地真实而纯洁。最是我到上海去干了无聊的所谓"事"回来，或者去同不相干的人们做了叫作"上课"的一种把戏回来，你们在门口或车站旁等我的时候，我心中何等惭愧又欢喜！惭愧我为什么去做这等无聊的事，欢喜我又得暂时放怀一切地加入你们的真生活的团体。

但是，你们的黄金时代有限，现实终于要暴露的。这是我经验过来的情形，也是大人们谁也经验过的情形。我眼看见儿时的伴侣中的英雄，好汉，一个个退缩，顺从，妥协，屈服起来，到像绵羊的地步。我自己也是如此。"后之视今，亦犹今之视昔",你们不久也要走这条路呢!

　　我的孩子们!憧憬于你们的生活的我,痴心要为你们永远挽留这黄金时代在这册子里。然这真不过像"蜘蛛网落花"略微保留一点春的痕迹而已。且到你们懂得我这片心情的时候,你们早已不是这样的人,我的画在世间已无可印证了!这是何等可悲哀的事啊!

第一章
人活着，就得有点坚持

书画自娱 / 汪曾祺

《中国作家》将在封二发作家的画，拿去我的一幅，还要写几句有关"作家画"的话，写了几句诗：

我有一好处，平生不整人。
写作颇勤快，人间送小温。
或时有佳兴，伸纸画芳春。
草花随目见，鱼鸟略似真。
唯求俗可耐，宁计故为新。
只可自怡悦，不堪持赠君。
君若亦欢喜，携归尽一樽。

诗很浅显，不须注释，但可申说两句。给人间送一点小小的温暖，这大概可以说是我的写作的态度。我的画画，更是遣兴而已。我很欣赏宋人诗："四时佳兴与人同。"人活着，就得有点兴致。我不会下棋,不爱打扑克、打麻将,偶尔喝了两杯酒,一时兴起,便裁出一张宣纸,随意画两笔。所画多是"芳春"——对生活的喜悦。我是画花鸟的。所画的花都是平常的花。北京人把这样的花叫"草花"。我是不种花的,只能画我在街头、陌上、公园里看得很熟的花。我没有画过素描,也没有临摹过多少徐青藤、陈白阳,只是"以意为之"。我很欣赏齐白石的话:"太似则媚俗,不似则欺世。"我画鸟,我的女儿称之为"长嘴大眼鸟"。我画得不大像,不是有意求其"不似",实因功夫不到,不能似耳。但我还是希望能"似"的。当代"文人画"多有烟云满纸,力求怪诞者,我不禁要想起齐白石的话,这是不是"欺世"?"说了归齐"(这是北京话),我的画画,自娱而已。"只可自怡悦,不堪持赠君",是照搬了陶弘景的原句。我近曾到永嘉去了一次,游了陶公洞,觉得陶弘景是个很有意思的人。他是道教的重要人物,其思想的基础是老庄,接受了神仙道教影响,又吸取佛教思想,他又是个药物学家,且擅长书法,他留下的诗不多,最著名的是《诏问山中何所有》:

山中何所有?
岭上多白云。
只可自怡悦,

第一章
人活着,就得有点坚持

不堪持赠君。

一个人一辈子留下这四句诗,也就可以不朽了。我的画,也只是白云一片而已。

万事都要全力以赴，
包括开心

诗人 / 梁实秋

有人说："在历史里一个诗人似乎是神圣的，但是一个诗人在隔壁便是个笑话。"这话不错。看看古代诗人画像，一个个的都是宽衣博带，飘飘欲仙，好像不食人间烟火的样子。《辋川图》里的人物，弈棋饮酒，投壶流觞，一个个的都是儒冠羽衣，意态萧然。我们只觉得摩诘当年，千古风流，而他在苦吟时堕入醋瓮里的那副尴尬相，并没有人给他作画流传。我们凭吊浣花溪畔的工部草堂，遥想杜陵野老典衣易酒、卜居茅茨之状，吟哦沧浪，主管风骚，而他在耒阳狂啖牛炙、白酒胀饫而死的景象，却不雅观。我们对于死人，照例是隐恶扬善，何况是古代诗人，篇章遗传，好像是痰唾珠玑，纵然有些小小乖僻，自当加以美化，更可资为谈助。王摩诘堕入醋瓮，是他自己的醋瓮，不是我们家的水缸；杜工部旅中困顿，累的是耒阳知县，不是向我家叨扰。一般人读诗，犹如观剧，只是在前台欣赏，并无须侧身后台打听优伶身世，即使刺听得多少奇闻逸事，也

第一章
人活着，就得有点坚持

只合作为梨园掌故而已。

假如一个诗人住在隔壁，便不同了。虽然几乎家家门口都写着"诗书继世长"，懂得诗的人并不多。如果我是一个名利中人，而隔壁住着一个诗人，他的大作永远不会给我看，我看了也必以为不值一文钱；他会给我以白眼，我看看他一定也不顺眼。诗人没有常光顾理发店的，他的头发作飞蓬状，作狮子狗状，作艺术家状。他如果是穿中装的，一定像是算命瞎子，两脚泥；他如果是穿西装的，一定是像卖毛毯子的白俄，一身灰。他游手好闲；他白昼做梦；他无病呻吟；他有时深居简出，闭门谢客；他有时终年流浪，到处为家；他哭笑无常；他饮食无度；他有时贫无立锥；他有时挥金似土。如果是个女诗人，她口里可以衔支大雪茄；如果是男的，他向各形各色的女人去膜拜。他喜欢烟、酒、小孩、花草、小动物——他看见一只老鼠可以作一首诗；他在胸口上摸出一只虱子也会作成一首诗。他的生活习惯有许多与人不同的地方。有一个人告诉我，他曾和一个诗人比邻。有一次同出远游，诗人未带牙刷，据云留在家里为太太使用。问之曰："你们原来共用一把么？"诗人大惊曰："难道你们是各用一把么？"

诗人住在隔壁，是个怪物，走在街上尤易引起误会。勃朗宁有一首诗《当代人对诗人的观感》，描写一个西班牙的诗人性好观察社会人生，以致被人误认为是一个特务。这是何等的讥讽！他穿的是一身破旧的黑衣服，手杖敲着地，后面跟着一条秃瞎老狗，看着鞋匠修理皮鞋，看人切柠檬片放在饮料里，看焙咖啡的火盆，用半只眼睛看书摊，谁虐打牲畜谁咒骂女人都逃不了他的注意——所以他大概是个特务，把观察所得呈报国王。看他那个模样儿，上了点年纪，那两道眉毛，亏他的眼睛在下面住着！鼻子的形状和颜色都像鹰爪。某甲遇难，某乙失踪，某丙得到他的情妇——还不都是他干下的事！他费这样大的心机，也不知得多少报酬。大家都说他回家用晚膳的时候，灯火辉煌，墙上挂着四张名画，二十名裸体女人给他捧盘换盏。其实，这可怜的人过的乃是另一种生活。他就住在桥边第三家，新油刷的一幢房子，全街的人都可以看见他交叉着腿，把脚放在狗背上，和他的女仆在打纸牌，吃的是酪饼水果，十点钟就上床睡了。他死的时候还穿着那件破大衣，没膝的泥，吃的是面包壳，脏得像一条熏鱼！

　　这位西班牙的诗人还算是幸运的，被人当作特务。在另一个国度里，这样一个形迹可疑的诗人可能成为特务的对象。

　　变戏法的总要念几句咒，故弄玄虚，增加他的神秘。诗人也不免几分江湖气，不是谪仙，就是鬼才，再不就是梦笔生花，总有几分阴阳怪气。外国诗人更厉害，作诗时能直接地祷求神助，好像是仙灵附体的样子。

第一章
人活着，就得有点坚持

一颗沙里看出一个世界，
一朵野花里看出一个天堂。
把无限抓在你的手掌里，
把永恒放进一刹那的时光。

若是没有一点慧根的人，能说出这样的鬼话么？你不懂？你是蠢材！你说你懂，你便可跻身于风雅之林。你究竟懂不懂，天知道。

大概每个人都曾经有过做诗人的一段经验。在"怨黄莺儿作对，怪粉蝶儿成双"的时节，看花谢也心惊，听猫叫也难过，诗就会来了，如枝头舒叶那么自然。但是人世稍深，渐渐煎熬成为一颗"煮硬了的蛋"，散文从门口进来，诗从窗户出去了。"嘴唇在不能亲吻的时候才肯唱歌。"一个人如果达到相当年龄，还不失赤子之心，经风吹雨打，方寸间还能诗意盎然，他是得天独厚，他是诗人。

诗不能卖钱。一首新诗，如抠断数根须即能脱稿，那成本还是轻的；怕的是像牡蛎肚里的一颗明珠，那本是一块病，经过多久的滋润涵养才能磨炼孕育成功，写出来到哪里去找顾主？诗不能给富人客厅里摆设作装潢，诗不能给广大的读者以娱乐。富人要的是字画珍玩，大众要的是小说戏剧。诗，短短一橛，充篇幅都不中用。诗是这样无用的东西，所以以诗为业的诗人，

万事都要全力以赴，
　包括开心

如果住在你的隔壁，自然是个笑话，将来在历史上能否就成为神圣，也很渺茫。

第一章
人活着，就得有点坚持

水墨文字 / 冯骥才

一

兀自飞行的鸟儿常常会令我感动。

在绵绵细雨中的峨眉山谷，我看见过一只黑色的孤鸟。它用力扇动着又湿又沉的翅膀，拨开浓重的雨雾和叠积的烟霭，艰难却直线地飞行着。我想，它这样飞，一定有着非同寻常的目的。它是一只迟归的鸟儿？迷途的鸟儿？它为了保护巢中的雏鸟还是寻觅丢失的伙伴？它扇动的翅膀，缓慢、有力、富于节奏，好像慢镜头里的飞鸟。它身体疲惫而内心顽强。它像一个昂扬而闪亮的音符在低调的旋律中穿行。

我心里忽然涌出一些片段的感觉，一种类似的感觉，那种身体劳顿不堪而内心的火犹然熊熊不息的感觉。

后来我把这只鸟，画在我的一幅画中。

所以我说，绘画是借用最自然的事物来表达最人为的内涵。

这也正是文人画首要的本性。

二

画又是画家作画时的心电图。画中的线全是一种心迹。因为，唯有线条才是直抒胸臆的。

心有柔情，线则缠绵；心有怒气，线也发狂。心境如水时，一条线从笔尖轻轻吐出，如蚕吐丝，又如一串清幽的音色流出短笛；可是你有情勃发，似风骤至，不用你去想怎样运腕操笔，一时间，线条里的情感、力度乃至速度全发生了变化。

为此，我最爱画树画枝。

在画家眼里树枝全是线条；在文人眼里，树枝无不带着情感。

树枝千姿万态，皆能依情而变。树枝可仰，可俯，可疏，可繁，可争，可倚；唯此，它或轩昂，或忧郁，或激奋，或适然，或坚韧，或依恋……我画一大片木叶凋零而倾倒于泥泞中的树木时，竟然落下泪来。而每一笔斜拖而下的长长的线，都是这种伤感的一次宣泄与加深，以致我竟不知最初缘何动笔。

至于画中的树，我常常把它们当作一个个人物。它们或是一大片肃然站在那里，庄重而阴沉，气势逼人；或是七零八落，有姿有态，各不相同，带着各自不同的心情。有一次，我从画面的森林中发现一棵婆娑而轻盈的小白桦树。它娇小、宁静、含蓄,那叶子稀少的树冠是薄薄的衣衫。作画时我并没有着意地刻画它,但此时,它仿佛从森林中走出来了。我忽然很想把一直藏在心里的一个少女写出来。

三

绘画如同文学一样,作品完成后往往与最初的想象全然不同。作品只是创作过程的结果,而这个过程却充满快感,其乐无穷。这快感包括抒发、宣泄、发现、深化与升华。

绘画比起文学有更多的变数。因为,吸水性极强的宣纸与含着或浓或淡水墨的毛笔接触时,充满了意外与偶然。它在控制之中显露光彩,在控制之外却会现出神奇。在笔锋扫过之地方,本应该浮现出一片沉睡在晨雾中的远滩,可是感觉上却像阳光下摇曳的亮闪闪的荻花,或是一抹在空中散步的闲云。有时笔中的水墨过多过浓,天下的云向下流散,压向大地山川,慢慢地将山顶峰尖黑压压地吞没。它叫我感受到,这是天空对大地惊人的爱!但在动笔之前,并无如此的想象。到底是什么,把我们曾经有过的感受唤起与激发?

是绘画的偶然性。

然而,绘画的偶然必须与我们的心灵碰撞才会转化为一种独特的画面。

绘画过程中总是充满了不断的偶然，忽而出现，忽而消失。就像我们写作中那些想象的明灭，都是一种偶然。感受这种偶然的是我们的心灵。将这种偶然变为必然的，是我们敏感又敏锐的心灵。

因为我们是写作人。我们有着过于敏感的内心。我们的心还积攒着庞杂无穷的人生感受。我们无意中的记忆远远多于有意的记忆；我们深藏心中的人生的积累永远大于写在稿纸上的有限的素材。但这些记忆无形地拥满心中，日积月累，重重叠叠，谁知道哪一片意外形态的水墨，会勾出一串曾经牵肠挂肚的昨天？

然而，一旦我们捕捉到一个千载难逢的偶然，绘画的工作就是抓住它不放，将它定格，然后去确定它、加强它、深化它。一句话：

艺术就是将瞬间化为永恒。

四

纯画家的作画对象是他人；文人（也就是写作人）作画对象主要是自己。面对自己和满足自己。写作人作画首先是一种自言自语、自我陶醉和自我感动。

因此，写作人的绘画追求精神与情感的感染力；纯画家的绘画崇尚视觉与审美的冲击力。

纯画家追求技术效果和形式感，写作人则把绘画作为一种心灵工具。

五

一阵急雨沙沙有声落在纸上，那是我洒落在纸上的水墨。江中的小舟很快就被这阵蒙蒙雨雾所遮翳，只有桅杆似隐似现。不能叫这雨过密过紧，吞没一切。于是，一支蘸足清水的羊毫大笔挥去，如一阵风，掀起雨幕的一角，将另一只扁舟清晰地显露出来，连那个头顶竹笠、伫立船头的艄公也看得分外真切。一种混沌中片刻的清明，昏沉里瞬息的清醒。可是，跟着我又将一阵急雨似淋漓的水墨洒落纸上，将这扁舟的船尾遮蔽起来，只留下这瞬息显现的船头与艄公。

我作画的过程就像我上边文字所叙述的过程。我追求这个过程的一切最终全都保留在画面上，并在画面上能够体验到，这就是可叙述性。

写作的叙述是线性的、过程性的，一字一句，不断加入细节，逐步深化。

这里，我的《树后边是太阳》正是这样：大雪后的山野一片洁白，绝无人迹。如果没有阳光，一定寒冽又寂寥。然而，太阳并没有隐遁，它就在树林的后边。虽然看不见它灿烂夺目的本身，但它无比明亮的光芒却穿过树干与枝丫，照射过来，巨大的树影无际无涯地展开，一下子铺满了辽阔的雪原。

于是，一种文学性质需要说明白，就是我这里所说的叙述性。它不属于诗，而属于散文。那么绘画的可叙述也就是绘画的散文化。

六

最能寄情寓意的是大自然的事物。

比如前边所说树枝的线条可以直接抒发情绪。

再比如，这种种情绪还可以注入流水。无论它激扬、倾泻、奔流，还是流淌、潺湲、波澜不惊，全是一时的心绪。一泻万里如同浩荡的胸襟；骤然的狂波好似突变的心境；细碎的涟漪中夹杂着多少放不下的愁思？

至于光，它能使一切事物变得充满生命感，哪怕是逆光中的炊烟。一切逆光的树叶都胜于艳丽的花。这原因，恐怕还是因为一切生命都受惠于太阳，生命的一切物质含着阳光的因子。比如我们迎着太阳闭上眼，便会发现被太阳照透的眼皮里那种血色，通红透明，其美无比。

第一章
人活着，就得有点坚持

还有秋天的事物。一年四季里，唯有秋天是写不尽也画不尽的。春之萌动与锐气，夏之蓬勃与繁华，冬之萧瑟与寂寥，其实也都包括在秋天里。秋天的前一半衔接着夏天，后一半融入冬天。它本身又是大自然最丰饶的成熟期。故此，秋的本质是矛盾又斑斓，无望与超逸，繁华而短促，伤感而自足。

写作人的心境总是百感交集的。比起单纯的情境，他们一定更喜欢唯秋天才有的萧疏的静寂、温柔的激荡、甜蜜的忧伤，以及放达又优美的苦涩。

能够把一切人生的苦楚都化为一种美的只有艺术。

在秋天里，我喜欢芦花。这种在荒滩野水中开放的花，是大自然开得最迟的野花。它银白色的花有如人老了的白发，它象征着大自然一轮生命的衰老吗？如果没有染发剂，人间一定处处皆芦花。它生在细细的苇秆的上端，在日渐寒冽的风里不停地摇曳。然而，从来没有一根芦苇荻花是被寒风吹倒吹落的！还有，在漫长的夏天里，它从不开花，任凭人们漠视它，把它只当作大自然的芸芸众生，当作水边普普通通的野草。它却不在乎人们怎么看它，一直要等到百木凋零的深秋，才喷放出那穗样的毛茸茸的花来。没有任何花朵与它争艳。不，本来它的天性就是与世无争的。它无限地轻柔，也无限地洒脱。虽然它不停在风中摇动，但每一个姿态都自在、随意，绝不矫情，也不搔首弄姿。尤其在阳光的照耀下，它那么夺目和圣洁！我敢说，没有一种花能比它更飘洒、自由、多情，以及这般极致的美！也没有一种花比它更坚韧与顽强。它从不取悦于人，也从不凋谢摧折。直到河水封冻，它依然挺立在荒野上。它最终是被寒风一点点撕碎的。

在这永无定态的花穗与飘逸自由的茎叶中，我能获得多少人生的启示与人生的共鸣？

七

绘画的语言是可视的。

绘画的语言有两种：一是形式的，一是技术的。中国人叫作笔墨，现代人叫作水墨。

我更看重笔墨这种语言。

笔作用于纸，无论轻重缓急；墨作用于纸，无论浓淡湿枯——都是心情使然。

笔的老辣是心灵的枯涩，墨的溶化是情感的舒展；笔的轻淡是一种怀想，墨的浓重是一种撞击。故此，再好的肌理美如果不能碰响心里事物，我也会将它拒之于画外。

文学表达含混的事物，需要准确与清晰的语言；绘画表达含混的事物，却需要同样含混的笔墨。含混是一种视觉美，也是我们常在的一种心境。它暧昧、未明、无尽、嗫嚅、富于想象。如果写作人作画，便一定会醉心般地身陷其中。

八

我习惯写散文时，放一些与文章同种气质的音乐做背景。

那天，我在写一只搁浅于湖边的弃船在苦苦期待着潮汐。忽然，耳边听到潮汐之声骤起。当然这是音乐之声，是拉赫马尼诺夫的音乐吧！我看到一排排长长的深色的潮水迎面而来。它们卷着雪白的浪花，来自天边，其速何疾！一排涌过，又一排上来，向着搁浅的小船愈来愈近。雨点般的水点溅在干枯的船板上，扬起的浪头像伸过来的透明而急切的手。音乐的旋律一层层如潮地拍打在我的心上。我紧张地捏着笔杆，心里激动不已，却不知该怎么写。

突然，我一推书桌，去到画室。我知道现在绘画已经是我最好的方式了。

我把白宣纸像月光一样铺在画案上，满满地刷上清水。然后，用一支水墨大笔来回几笔，墨色神奇地洇开，顿时乌云满纸。跟着大笔落入水盂，笔中的余墨在盂中的清水里像烟一样地散开。我将一笔极淡的花青又窄又长地抹上去，让阴云之间留下一隙天空。随即另操起一支兼毫的长锋，重墨枯笔，捻动笔管，在乌云压迫下画出一排排翻滚而来的潮汐……笔中的水墨不时飞溅到桌上手背上,笔杆碰在盆子碟子上叮当有声。我已经进入绘画之中了。

待我画完这幅《久待》,面对画面,尚觉满意,但总觉还有什么东西深藏画中。沉默的图画是无法把这东西"说"出来的。我着意地去想,不觉拿起钢笔,顺手把一句话写在稿纸上:

"人生的大部分时间就像钓者那样守着一种美丽的空望。"

跟着,我就写了下去:

"期望没有句号。"

"美好的人生是始终坚守着最初的理想。"

"真正的爱情是始终恪守着最初的誓言。"

"爱比被爱幸福。"

于是,我又返回到文学中来。

我经常往返在文学与绘画之间,然而这是一种甜蜜的往返。

第一章
人活着，就得有点坚持

访笺杂记 / 郑振铎

我搜求明代雕版画已十余年。初仅留意小说戏曲的插图，后更推及于画谱及他书之有插图者。所得未及百种。前年冬，因偶然的机缘，一时获得宋、元及明初刊印的出相佛道经二百余种。于是宋、元以来的版画史，粗可踪迹。间亦以余力，旁骛清代木刻画籍。然不甚重视之。像《万寿盛典图》《避暑山庄图》《泛槎图》《百美新咏》一类的画，虽亦精工，然颇嫌其匠气过重。至于流行的笺纸，则初未加以注意。为的是十年来，久和毛笔绝缘。虽未尝不欣赏《十竹斋笺谱》《萝轩变古笺谱》，却视之无殊于诸画谱。

约在六年前，偶于上海有正书局得诗笺数十幅，颇为之心动；想不到今日的刻工，尚能有那样精丽细腻的成绩。仿佛记得那时所得的笺画，刻的是罗两峰的小幅山水，和若干从《十竹斋画谱》描摹下来的折枝花卉和蔬果。这些笺纸，终于舍不得用，都分赠给友人们，当作案头清供了。

这也许便是访笺的一个开始。然上海的忙碌生活，压得我透不过气来，哪里会有什么闲情逸趣，来搜集什么。

一九三一年九月，我到北平教书。琉璃厂的书店，断不了我的足迹。有一天，偶过清秘阁，选购得笺纸若干种，颇高兴，觉得较在上海所得的，刻工、色彩都高明得多了。仍只是作为礼物送人。

引起我对于诗笺发生更大的兴趣的是鲁迅先生。我们对于木刻画有同嗜。但鲁迅先生所搜求的范围却比我广泛得多了；他尝斥资重印《士敏土》之图数百部——后来这部书竟鼓动了中国现代木刻画的创作的风气。他很早的便在搜访笺纸，而尤注意于北平所刻的。今年春天，我们在上海见到了。他认为北平的笺纸是值得搜访而成为专书的。再过几时，这工作恐怕要不易进行。我答应一到北平，立即便开始工作。预定只印五十部，分赠友人们。

我回平后，便设法进行刷印笺谱的工作。第一着还是先到清秘阁，在那里又购得好些笺样。和他们谈起刷印笺谱之事时，掌柜的却斩钉截铁地回绝了，说是五十部绝对不能开印。他们有种种理由：版片太多，拼合不易，刷印时调色过难；印数少，版刚拼好，调色尚未顺手，便已竣工；损失未免过甚。他们自己每次开印都是五千一万的。

"那么印一百部呢？"我道。

第一章
人活着，就得有点坚持

他们答道："且等印的时候再商量吧。"

这场交涉虽是没有什么结果，但看他们口气很松动，我想，印一百部也许不成问题。正要再向别的南纸店进行，而热河的战事开始了；接着发生喜峰口、冷口、古北口的争夺战。沿长城线上的炮声、炸弹声，震撼得这古城的人们寝食不安，坐立不宁。哪里还有心绪来继续这"可怜无补费精神"的事呢？一搁置便是一年。

九月初，战事告一段落，我又回到上海。和鲁迅先生相见时，带着说不出的凄婉的感情，我们又提到印这笺谱的事。这场可怖可耻的大战，刺激我们有立刻进行这工作的必要。也许将来便不再有机会给我们或他人做这工作！

"便印一百部，总不会没人要的。"鲁迅先生道。

"回去便进行。"我道。

工作便又开始进行。第一步自然是搜访笺样。清秘阁不必再去。由清秘阁向西走，路北第一家是淳菁阁，在那里，很惊奇地发现了许多清隽绝伦的诗笺，特别是陈师曾氏所作的，虽仅寥寥数笔，而笔触却是那样的潇洒不俗。转以十竹斋，萝轩诸笺为烦琐，为做作。像这样的一片园地，前人尚未之涉及呢！我舍不得放弃了一幅。吴待秋、金拱北诸氏所作和姚茫文氏的《唐画壁砖笺》《西域古迹笺》等，也都使我喜欢。流连到三小时以上。天色渐渐地黑暗下来，朦朦胧胧的有些辨色不清。

黄豆似的灯火，远远近近地次第放射出光芒来。我不能不走。那么一大包笺纸，狼狈不堪地从琉璃厂抱到南池子，又抱到了家。心里是装载着过分的喜悦与满意。那一个黄昏便消磨在这些诗笺的整理与欣赏上。

过了五六天，又进城到琉璃厂去——自然还是为了访笺。由淳菁阁再往西走，第一家是松华斋；松华斋的对门，在路南的，是松古斋。由松华斋再往西，在路北的，是懿文斋。再西，便是厂西门，没有别的南纸店了。

先进松华斋，在他们的笺样簿里，又见到陈师曾所作的八幅花果笺，说它们"清秀"是不够的、"神采之笔"的话也有些空洞。只是赞赏，无心批判。陈半丁、齐白石二氏所作，其笔触和色调，和师曾有些同流，唯较为繁缛燠暖。他们的大胆的涂抹，颇足以代表中国现代文人画的倾向；自吴昌硕以下，无不是这样的粗枝大叶的不屑于形似的。我很满意地得到不少的收获。

带着未消逝的快慰，过街而到松古斋。古旧的门面，老店的规模，却不料售的倒是洋式笺。所谓洋式笺，便是把中国纸染了矾水，可以用钢笔写；而笺上所绘的大都是迎亲、抬轿、舞灯、拉车一类的本地风光；笔法粗劣，且惯喜以浓红大绿涂抹之。其少数，还保存着旧式的图版画。然以柔和的线条、温茜的色调，刷印在又涩又糙的矾水拖过的人造纸面上，却格外

第一章
人活着，就得有点坚持

地显得不调和。那一片一块的浮出的彩光，大损中国画的秀丽的情绪。

我的高兴的情绪为之冰结，随意地问道："都是这一类的么？"

"印了旧样的销不出去，所以这几年来，都印的是这一类的。"

我不能再说什么，只拣选了比较还保有旧观的三盒诗笺而出。

懿文斋没有什么新式样的画笺，所有的都是光、宣时所流行的李伯霖、刘锡玲、戴伯和、李毓如诸人之作，只是谐俗的应市的通用笺而已。故所画不离吉祥、喜庆之景物，以至通俗的着色花鸟的一类东西。但我仍选购了不少。

第三次到琉璃厂，已是九月底。那一天狂风怒号，飞沙蔽天；天色是那样惨澹可怜；顶头的风和尘吹得人连呼吸都透不过来。一阵的风沙，扑脸而来，赶紧闭了眼，已被细尘潜入，眯着眼，急速得睁不开来看见什么。本想退回去。为了像这样闲空的时间不可多得，便只得冒风而进了城。这一次是由清秘阁向东走。偏东路北，是荣宝斋，一家不失先正典型的最大的笺肆。仿古和新笺，他们都刻得不少。我们在那里，见到林琴南的山水笺、齐白石的花果笺、吴待秋的梅花笺，以及齐、王诸人合作的壬申笺、癸酉笺等，刻工较清秘为精。仿成亲王的拱花笺,尤为诸肆所见这一类笺的白眉。

半个下午便完全耗在荣宝斋,外面仍是卷尘撼窗的狂风。但我一点都没有想到将怎样艰苦地冒了顶头风而归去。和他们谈到印竹笺谱的事,他们也有难色,觉得连印一百部都不易动工。但仍是那么游移其词地回答道:"等到要印的时候再商量吧。"

我开始感到刷印笺谱的事,不像预想那么顺利无阻。

归来的时候,已是风平尘静。地上薄薄地敷上了一层黄色的细泥,破纸枯枝,随地乱掷,显示着风力的破坏的成绩。

从荣宝斋东行,过厂甸的十字路口,便是海王村。过海王村东行,路北,有静文斋,也是很大的一家笺肆。当我一天走进静文的时候,已在午后。太阳光淡淡地射在罩了蓝布套的桌上。我带着怡悦的心情在翻笺样簿。很高兴地发现了齐白石的人物笺四幅。说是仿八大山人的,神情色调都臻上乘。吴待秋、汤定之等二十家合作的梅花笺也富于繁赜的趣味。清道人、姚茫父、王梦白诸人的罗汉笺、古佛笺等,都还不坏,古色斑斓的彝器笺,也静雅足备一格。又是到上灯时候才归去。

静文斋的附近,路南,有荣禄堂,规模似很大,却已衰颓不堪。久已不印笺。亦有笺样簿,却零星散乱,尘土封之,似久已无人顾问及之。循样以求笺,十不得一。即得之,亦都暗败变色。盖搁置架上已不知若干年。纸都用舶来之薄而透明的

第一章
人活着，就得有点坚持

一种，色彩偏重于浓红深绿；似意在迎合光、宣时代市人们的口味，肆主人须发皆白，年已七十余，唯精神尚矍铄。与谈往事，娓娓可听。但搜求将一小时，所得仅缦卿作的数笺。于暮色苍茫中，和这古肆告别，情怀殊不胜其凄怆。

由荣禄更东行，近厂东门，路北，有宝晋斋。此肆诗笺，都为光、宣时代的旧型，佳者殊鲜，仅选得朱良材作的数笺。

出厂东门，折而南，过一尺大街，即入杨梅竹斜街。东行数百步，路北，有成兴斋。此肆有冷香女士作的月令笺，又有清末为慈禧代笔的女画家缪素筠作的花鸟笺；在光、宣时代，似为一当令的笺店。然笺样多缺，月令笺仅存其七。

再东行，有彝宝斋，笺样多陈列窗间，并样簿而无之。选得王昭作的花鸟笺十余幅，颇可观，而亦零落不全。

以上数次的所得，都陆续地寄给鲁迅先生，由他负最后选择的责任。寄去的大约有五百数十种，由他选定的是三百三十余幅，就是现在印出的样式。

这部《北平笺谱》所以有现在的样式，全都是鲁迅先生的力量——由他倡始，也由他结束了这事。

说是访笺的经过来，也并不是没有失望与徒劳。我不单在厂甸一带访求，在别的地方，也尝随时随地地留意过，却都不曾给我以满足。好几个大市场里，都没有什么好的笺样被发现。有一次，曾从东单牌楼走到东四牌楼，经隆福寺街东口而更往北走。推门而入的南纸店不下十家，大多数都只售洋纸笔墨和八行素笺。最高明的也只卖少数的拱花笺，却是那么的粗陋浮躁，竟不足以当一顾。

在厂甸，也不是不曾遇见同样狼狈的事。厂甸中段的十字街头，路南，有两家规模不小的南纸店。一名崇文斋，在路东，有笺样簿，多转贩自诸大肆者。一名中和丰，在路西，专售运动器具及纸墨。并诗笺而无之。由崇文东行数十步，路南，有豹文斋，专售故宫博物院出品，亦尝翻刻黄瘿瓢人物笺，然执以较清秘、荣宝所刻，则神情全非矣。

但北平地域甚广，搜访所未及者一定还有不少。即在琉璃厂，像伦池斋，因无笺样簿，遂至失之交臂。他们所刻"思古人笺"，版已还之沈氏，故不可得；而其王雪涛花卉笺四幅，刻印俱精，色调亦柔和可爱。惜全书已成，不及加入。又北平诸文士私用之笺纸，每多设计奇诡，绘刻精丽的。唯访求较为不易。补所未备，当俟异日。

选笺已定，第二步便进行交涉刷印。淳菁、松华、松古三家，一说便无问题。荣宝、宝晋、静文诸家，初亦坚执百部不能动工之说，然终亦答应下来。独清秘最为顽强，交涉了好几次，他们不是说百部太少不能印，便是说人工不够，没有工夫印。再说下去，便给你个不理睬。任你说得舌疲唇焦，他们只是给你个不理睬！颇想抽出他们的一部分不印。终于割舍不下

第一章
人活着，就得有点坚持

溥心畬、江采诸家的二十余幅作品。再三奉托了刘淑度女士和他们商量，方才肯答应印。而色调转繁的十余幅蔬果笺，却仍因无人担任刷印而被剔出。蔬果笺刻印不精，去之亦未足惜。荣禄堂的笺纸，原只想印缦卿作的四幅。他们说，年代已久，不知版片还在否，找得出来便可开印，只怕残缺不全。但后来究竟算是找全了。

最后到彝宝斋。一位仿佛湖南口音的掌柜的，一开口便说："不能印。现在已经没有印刷这种信笺的工人了。我们自己要几千几万份地印，尚且不能，何况一百张！"我见他说得可笑，便取出些他家的定印单给他看，说道："那么别家为什么肯印呢？"他无辞可对，只得说老实话："成兴斋和我们是联号，您老到他们那里去看看吧。这些花鸟笺的版片他们那里也有。"我立刻明白那是怎么一回事，到成兴斋一打听，果然那版片已归他们所有。

看够了冰冷冷的拒人千里的面孔，玩够了未曾习惯的讨价还价、斤两计较的伎俩，说尽了从来不曾说过的无数恳托敷衍的话——有时还未免带些言不由衷的浮夸——切都只为了这部《北平笺谱》！可算是全部工作里最麻烦，最无味的一个阶段。但不能不感激他们：没有他们的好意合作，《北平笺谱》是不会告成的。

为了访问画家和刻工的姓氏，也费了很大的工夫。有少数的画家，其姓氏是我所不知道的——我对于近代的画坛是那样的生疏！访之笺肆，亦多不知者。求之润单，间亦无之。打听了好久，有的还是见到了他的画幅，看到他的图章，方才知道。只有缦卿的一位，他的姓氏到现在还是一个谜。荣禄堂的伙计说："老板也许知道。"问之老主人则摇摇头，说："年代太久了，我已记不起来。"

　　刻工实为制笺的重要分子，其重要也许不下于画家。因彩色诗笺，不仅要精刻而且要就色彩的不同而分刻为若干版片；笺画之有无精神，全靠分版的能否得当。画家可以恣意地使用着颜料，刻工则必须仔细地把那么复杂的颜色，分析为四五个乃至一二十个单色版片。所以，刻工之好坏，是主宰着制笺的运命的。在《北平笺谱》里，实在不能不把画家和刻工并列着。但为了访问刻工姓名，也颇遭逢白眼。他们都觉得这是可怪的事，至多只是敷衍地回答着。有的是经了再三的追问，四处的访求，方才能够确知的。有的因为年代已久，实在无法知道。目录里所注的刻工姓名，实在是不止三易稿而后定的。宋版书多附刊刻工姓名，明代中叶以后，刻图之工，尤自珍其所作，往往自署其名，若何钤、汪士珩、魏少峰、刘素明、黄应瑞、刘应祖、洪国良、项南洲、黄子立，其尤著者。然其后则刻工渐被视为贱技；亦鲜有自标姓氏者。当此木板雕刻业像晨星似的摇摇将坠之时，而复有此一番表彰，殆亦雕版史末页上重要

第一章
人活着，就得有点坚持

的文献。

淳菁阁的刻工，姓张，但不知其名。他们说，此人已死，人皆称之为张老西，住厂西门。其技能为一时之最。我根据了张老西的这个诨名，到处地打听着。后来还是托荣宝斋查考到，知道他的真名是启和。松华斋的刻工，据说是专门为他们刻笺的，也姓张。经了好几次的追问，才知道其名为东山。静文斋的刻工，初仅知其名为板儿杨；再三地恳托着去查问，才知道其名为华庭。清秘阁的刻工，也经了数次的访问后，方知其亦为张东山。因此，我颇疑刻工与制笺业的关系，也许不完全是处在雇工的地位；他们也许是自立门户，有求始应，像画家那个样子的。然未细访，不能详。

荣宝斋的刻工名李振怀，懿文斋的刻工名李仲武，松古斋的刻工名杨朝正，成兴斋的刻工名杨文、萧桂，也都颇费恳托，方能访知。至于荣禄、宝晋二家，则因刻者年代已久，他们已实在记不清了，姑缺之。刻工中，以张、李、杨三姓为多，颇疑其有系属的关系，像明末之安徽黄氏、鲍氏。这种以一个家庭为中心的手工业是至今也还存在的。

刷印之工，亦为制笺的重要的一个步骤。因不仅拆版不易，即拼版、调色，亦煞费工夫。惜印工太多，不能一一记其姓名。

对此数册之笺谱，不禁也略略有些悲喜和沧桑之感。自慰幸不辜负搜访的勤劳，故记之。

万事都要全力以赴,
包括开心

三年写作自述 / 老舍

自离开济南到今天———一九四〇年十一月十四日——已是整整三年。这三载的光阴,有三分之一是花费在旅行上——单说到西北去慰劳抗战将士,就用去了六个月。其余的三分之二,大概地算来,一半是用在给文协服务,一半是用在写作;换言之,流亡二载中,花费在写作上的时间并不很多,只有一个整年的光景。

在战前,当我一面教书一面写作的时候,每年必利用暑假年假写出十几万字;当我辞去教职而专心创作的时候,我一年(只有一年是这样地做职业的写家)可以写三十万字。在抗战三年里,一共才写了三十多万字,较之往年,在量上实在退步了不少;但是,拿这三年当作一年看,像前段所说明的,就不算怎么太寒酸了。

这三十多万字的支配是:

小说:短篇四篇,约两万多字。长篇一篇(未写完)

三四万字。

通俗文艺：见于《三四一》者六万字，未收入者还至少有万字。

话剧：《残雾》六万字，《张自忠》五万字，《国家至上》三万字（后半是宋之的写的）。

诗歌：《剑北篇》已得四万余字，其他短诗军歌尚有万字。

杂文：因非所长，随写随弃，向不成集，大概也有好几万字了。

由上表可以看出来，在量上，虽然没有什么可夸口的，可是在质方面上却增多了不少。在战前，我只写小说与杂文，即使偶尔写几句诗，也不过是笔墨的游戏而已。神圣的抗战是以力伸义，它要求每个人都能十八般武艺件件精通，全德全力全能地去抵抗暴敌，以彰正义。顺着这个要求，我大胆去试验文艺的各种体裁，也许是白耗了心血而一无所成，可是不断地学习总该多少有些益处。战争的暴风把拿枪的，正如同拿刀的，一齐吹送到战场上去；我也希望把我不像诗的诗，不像戏剧的戏剧，如拿着两个鸡蛋而与献粮万石者同去输将，献给抗战；礼物虽轻，心倒是火热的。这样，于小说杂文之外，我还练习了鼓词、旧剧、民歌、话剧、新诗。学习是一种辛苦，可也带来不少愉快。我决不后悔试写过鼓词，也不后悔练习过话剧，成绩的好坏姑且不提，反正既要写，就须下一番功夫，下功夫的最好的报酬便是那一点苦尽甜来的滋味。

为试写别的，便放下了小说，所以小说写得很少，可是，理由并不这么简单。在太平年月，我听到一个故事，我想起一点什么有意思的意思，我都可以简单地、目不旁视地，把它写成一篇小说；长点也好，短点也好，我准知道只要不太粗劣，就能发表。换言之，在太平年月可以"莫谈国事"，不论什么一点点细微的感情与趣味，都能引起读者的欣赏，及至到了战时，即使批评者高抬贵手，一声不响；即使有些个读者还需要那细微的情感与趣味，作为一种无害的消遣，可是作者这颗心不能再像以前那样安坦闲适了。炮火和血肉使他愤怒，使他要挺起脊骨，喊出更重大的粗壮的声音，他必须写战争。但是，他的经验不够，经验不是一眨眼就能得来的。蜗牛负不起战马的责任来，噢，我只好放下笔！当七七事变的时候，我正写着两个长篇，都已有了三四万字。宛平城上的炮响了，我把这几万字全扔进了废纸筐中。我要另起炉灶了，可是我没有新的砖灰及其他的材料！

在抗战前，我已写过八部长篇和几十个短篇。虽然我在天津、济南、青岛和南洋都住过相当的时期，可是这一百几十万字中十之七八是描写北平。我生在北平，那里的人、事、风景、味道，和卖酸梅汤、杏儿茶的吆喝的声音，我全熟悉。一闭眼我的北平就完整地，像一张彩色鲜明的图画浮立在我的心中。

第一章
人活着，就得有点坚持

我敢放胆地描画它。它是条清溪，我每一探手，就摸上条活泼泼的鱼儿来。济南和青岛也都与我有三四年的友谊，可是我始终不敢替它们说话，因为怕对不起它们。流亡了，我到武昌、汉口、宜昌、重庆、成都，各处"打游击"。我敢动手描写汉口码头上的挑夫，或重庆山城里的抬轿的吗？绝不敢！小孩子乍到了生地方还知道暂缓淘气，何况我这四十多岁的老孩子呢！

抗战不是桩简单的事，政治、经济、生产、军事……都一脉相通，相结如环。我知道什么呢？有三条路摆在我的眼前：第一条是不管抗战，我还写我的那一套。从生意经上看，这是个不错的办法，因为我准知道有不少的人是喜读与抗战无关的作品的。可是，我不肯走这条路。文艺不能，绝对不能装聋卖傻！设若我教文艺装聋卖傻，文艺也会教我堕入魔道。此所以主张文艺可以与抗战无关者，还须"主张"一下者也——这么一主张，便露出他心中还是很难过呀。要不然，他何不堂堂正正地去写，而必有这么一主张呢？第二条是不管我懂不懂，只管写下去。写战事，则机关枪拼命哒哒；写建设，则马达突突：只有骨骼，而无神髓。这办法，热情有余，而毫无实力；虽无骗人之情，而有骗人之实，亦所不取。只剩了第三条路，就是暂守缄默，我放弃了小说。自然，这只是暂时的。等我对于某个地方、某些人物、某种事情，熟习了以后，我必再拿起笔来。还有，依我的十多年写小说的一点经验来说，我以为写小说最保险的方法是知道了全海,再写一岛。当抗战的初期,谁也把握不到抗战的全局,及至战了二三年后,到处是战争的空气,呼吸既惯,生活与战争息息相通,再来动笔,一定不专凭一股热情去乱写,而是由实际生活的体验去描画战争。这也许被讥为期待主义吧?可是哪一部像样的作品不是期待多时呢,积了十几年对洋车夫的生活的观察,我才写出《骆驼祥子》啊——而且是那么简陋寒酸哪!

把小说放下,可不就是停止了笔的活动。我开始写通俗读物,那时候,正当台儿庄大捷,文章下乡与文章入伍的口号正喊得山摇地动。我写了旧形式新内容的戏剧,写了大鼓书,写了河南坠子,甚至于写了数来宝。从表面上看起来,这是避重就轻——舍弃了创作,而去描红模子。就是那肯接受这种东西的编辑者也大概取了聊备一格的态度,并不十分看得起它们;设若一经质问,编辑者多半是皱一皱眉头,而答以"为了抗战",是不得已也。但是从我的学习的经验上看,这种东西并不容易作。第一是要作得对。要作得对,就必须先去学习。把旧的一套先学会,然后才能推陈出新。无论是旧剧,还是鼓词,虽然都是陈旧的东西,可是它们也还都活着。我们来写,就是想给这些还活着的东西一些新的血液,使它们前进,使它们对抗战发生作用。这就难了。你须先学会那些套数,否则大海茫茫,无从落笔。然后,你须斟酌着旧的情形而加入新的成分。你须

第一章
人活着，就得有点坚持

把它写得像个样子，而留神着你自己别迷陷在里面。你须把新的成分逐渐添进去，而使新旧谐调，无论从字汇上，还是技巧上，都不显出挂着辫子而戴大礼帽的蠢样子。为了抗战，你须教训；为了文艺，你须要美好，可是，在这里，你须用别人定好了的形式与言语去教训，去设法使之美好。你越研究，你越觉得有趣；那些别人规定的形式，用的言语，是那么精巧生动，恰好足以支持它自己的生命。然而，到你自己一用这形式，这语言，你就感觉到喘不出气来。你若不割解开它，重新配置，你便丢失了你自己；你若剖析了它，而自出心裁地想把它整理好，啊，你根本就没法收拾它了！新的是新的，旧的是旧的，妥协就是投降！因此，在试验了不少篇鼓词之类的东西以后，我把它们放弃了。

虽然我放弃了旧瓶装新酒这一套，可是我并不后悔：功夫是不欺人的。它教我明白了什么是民间的语言，什么是中国语言自然的韵律。不错，它有许多已经陈腐了的东西，可是唯其明白了哪是陈腐的，才能明白什么是我们必须马上送给民众的。明乎此，知乎彼，庶几可以谈民族形式矣。我感谢这个使我学习的机会！

就成绩而论，我写的那些旧剧与鼓词并不甚佳。毛病是因为我是在都市里学习来的，写出来的一则是模范所在，不肯离格；二则是循艺人的要求，生意相关，不能伤雅。于是，就离真正的民间文艺还很远很远。写这种东西，应当写家与演员相处一处，随写随演随改，在某地则用某地的形式与语言，或者可以收效；在都市里闭门造车，必难合辙。

我不懂鼓词，正如我不懂话剧。我去学习鼓词，正如我去学习话剧。机会也许是偶然的，学习之心则是一向抱定，不敢少怠。文协要演戏，推我写剧本。这是偶然的。我大胆地答应下来，要学一学而已，并非有任何把握。

只花了半个月的工夫，我写成了《残雾》。当然不成东西，我知道。所以敢写，和写得这么匆促者，是因为我只答应了起草；有了草底，由大家修正好才拿去上演。我不懂戏剧，只按照写小说的办法，想了个故事，写了一大片对话。反正友人们答应了给我修改，他们修改之后，我不就明白一些作剧的方法了吗？可是写完的那一天正是"五四"，暴敌狂炸渝市。戏演不成了，稿子也就放在了一边。紧跟着，我到西北去慰劳军队，把稿子交与了友人。半年后，我回到重庆，友人已替我发表了，出版了，并且演出了。这不能算个剧本，而只能算作一些对话的草拟，即使它已印成了书。至于演出的成功与失败，那全凭导演者与演员的怎样运用这一片对话，与我无关。

回到重庆，看到许多关于《残雾》的批评，十之六七是大骂特骂。我不便挨家挨户去道歉，说明我这草稿并没得到修正的机会；批评者得到骂人的机会而不骂，就大大地对不起他自己呀。放下这些批评,我去找懂戏剧的内行谈了一谈。由他们的口中,我明白了戏剧之所以为戏剧。戏剧不是对话体的小说,正如诗不是分行写的散文。我的毛病,据他们说,是过于缺乏舞台上的知识;我只写了对话,而忘了行动。

经他们这一指教,我才开始注意看话剧。看看到底什么叫作行动。以前我爱看旧剧。看了几出话剧之后,我并没能完全明白了什么是行动,但是看清楚了这么一点:我的对话写得不坏,人家的穿插结构铺衬得好。我的对话里有些人情世故。可惜这点人情世故是一般的,并未能完全把剧情扣紧;单独地抽出来看真有些好句子;凑到一处,倒反容易破坏了剧情。有些剧作,尽管读起来没有什么精彩,一句惊人的话也找不到,可是放在舞台上倒四平八稳地像个戏剧。写了一本戏,挨了许多骂,我明白了这一点点。

练习的机会又来了。之的约我合写《国家至上》。题目是指定的(写回汉合作),好在我们俩都是北方人,对回教同胞的生活习惯相当的熟悉,不必临时去找材料。剧中的张老师是我在济南交往四五年的一位回教拳师的化身,黄老师是我在甘肃遇到的一位回教绅士的影像。其他的人物虽没有这样的来历,可是之的有很多回教的朋友,自不难于创拟。人物的真切使这本戏得到相当的成功。可是久住上海,没到过北方的批评者也许就以为它是江湖奇侠传。题旨是回汉合作,可是剧中回汉的正面冲突，反被回胞自家的纷争所掩，这并非无因：一来是回汉之争写得过于明显，也许引起双方的反感，而把旧账全都搬出来；二来是北方回教中亦有派别，不尽融洽——作者不敢提出教义上的分歧，而只能从感情失和上落墨。这些费斟酌的地方，自然也不是没有准备的批评者所能了解的。至于回汉通婚，教中自有办法，不可随便发言。我们之所以设一个女角者，多半为烘托张老师的过度的倔强，并不敢使她去闹恋爱。批评者若谓回汉联婚这一问题写失败了，是真不知回教的情形，而乱挑毛病者也。

人物、情节、问题，都从我们俩商议妥了，而后由我详细地写成一个故事，再由之的去分场。场分好，写起来就容易得多了。全剧写好，拿到回教协会，朗读给大家听。情节不妥当的地方，不合回教习惯的用语，都当场提出，一一改正。因此，这本剧虽没有别的好处，却很调匀整洁——稍微一不检点便足惹起误会，甚至引起纠纷！在写的时候，我们是小心上又加小心；写完了，我们是一点不敢偷懒地勤加修正。宣传剧的难写就在这里——要紧紧地勒住了笔，像勒住一匹烈马似的那么用力。

我写前两幕。之的有写剧的经验，所以担任较难的后两幕。这一回，我有了一点长进：第一，没有冗长的对话，而句句想着剧情的发展。第二，用最大的力量去"捧"张老师，教这一个人支配着控制着大家，以免一律平凡，精神涣散。

第一章
人活着，就得有点坚持

值得特别提出来的，是这本剧的情调、言语、服装、举动，一律朴素无华，排除洋气。我不十分懂什么是民族形式，假若民族形式是含有顺着本地风光去创作的意思，我想《国家至上》就多少有那么一点样子。自然，住惯了上海租界，以洋服洋话为本地风光者流，一定会惊异地称它为江湖奇侠传。

假若《残雾》是于乱七八糟中偶尔见些才气，到写《国家至上》的时候，可就略知门径，而规规矩矩地习作了。之的有写剧的经验，告诉我不少诀窍；同时，马彦祥与阳翰笙又热心地帮忙，所以这次的习作，虽然没有了不得的成绩，可是我个人的收获是相当大的。可惜，我们必须在一月中写成，以便从速排演，在春季演出。假若我们能多有些时间，再多改两遍，或者更可以减去些宣传剧的气味。在抗战中，一切是忙乱的，文艺作品也极难避免粗糙之弊。批评者只顾要求理想的作品，而每每忽略了大家在战时的生活的窘迫忙乱，假若批评者肯细心读一读他自己在忙乱中所写的批评文字，恐怕他要先打自己的手心吧。

《国家至上》写完，我开始写诗——《剑北篇》。我有没有诗的天才？绝不出于谦虚客气的，我回答：没有。写小说，我不善写短篇；据我看，短篇是更富于诗的成分的。小品文，我也写不好。为什么？我缺乏着诗人的明敏犀利，不会以短短的小文一针见血地杀敌致果。我只会迟笨地包围，不会冒险用奇。我也不会写抒情诗。凡此种种，都足以证明我不能诗，那么，为什么要写诗呢？主观的，我愿意练习练习。客观的，我由西北旅行得来的那一些材料，除了作游记，只能作叙述诗用的。游记之难，难在精详，我并没有锐利精细的观察力。好吧，我就以诗代替游记吧。

没有诗才，我却有些作诗的准备。我作过旧诗、鼓词。以我自己的办法及语言和这两种东西化合起来，就是我的诗的形式。形式，在这里包括句法、音节、用语、韵律等项。大体上，我是用我所惯用的白话，但在必不得已时也借用旧体诗或通俗文艺中的词汇，句法长短不定，但句句要有韵，句句要好听，希望通体都能朗诵。

五个月的工夫，我才写得了四千行。材料早就预备好了，用不着再想。我上了句句用韵的当！因为凑韵脚，一行往往长到二十来个字；否则我早已写够一万行了。因为要押韵，有时候就破坏了言语的一致通俗，而勉强借用陈腐的辞藻。因为句句挂韵，不但写着费事，读起来也过于吃力，使人透不过气来。本来我是想熔化新旧为一炉的，但所谓"旧"者是旧诗的神韵与音节，我并不要用腐朽不堪的言语与思想。句句用韵的企图，也就是为使句句响亮，如军队操演，步步整齐。哪知道，韵破坏了一切！不错，的确是步步整齐了，可是只能摆在操场上，而不能作战哪！韵使我失去了笔的自由与诗的活泼！的确，像

第一章
人活着，就得有点坚持

"绿色千种，绿色千重"那样的句子，设若不是用韵的关系，也许不易想得出来，可是就全诗而言，它使我时时要哭。要哭的时候比得意的时候多了不知多少倍，得不偿失！不要说完全无韵，就是隔句用韵，我也不至于受这么大的罪，而还落个劳而无功啊！

但是，已经写了四千行，不便再改；我一定把这个形式维持到底，不管它给我多少困难。接受旧文艺的传统，接受民间文艺的优点，我都在此诗中略加试验；艰苦我倒不怕，我所怀疑者倒是接受到什么限度才算合适？或更激烈一点地说，新旧化合是否可能？不知道别人怎么看，我自己以为《剑北篇》中旧的成分太重了。材料是我自己的，情绪是抗战的，都绝非抄袭古人。就是音节韵律，我也只取了旧诗中运用声调的法则，来美化我自己的白话。在用韵方面，我用的是活的十齐套辙，并非诗韵。这样，取于旧者并不算多，按说就不应该显出那么浓厚的旧诗味道来；可是我自己觉得出来，它也许比"五四"时代那些小诗的气魄大一些，而旧诗的气息恐怕比它们还强得多。我能指得出来的毛病是：（一）韵用得太多。（二）写景多于写事。（三）未能完全通俗。在这三点而外，恐怕更重要的还是那个无形的，在心中藏着的那个小鬼。明显地说，就是在一计划写诗的时候，我面前就有个民族形式，像找替身的女鬼似的向我招手。她知道我写过旧诗，写过鼓词；用民族形式来引诱我，我必会上套！不论我怎样躲避旧的一切，她都会使我步步堕陷，不知不觉地陷入旧圈套中。说到这里，我就根本怀疑了民族形式这一口号。民族形式，据说是要以民族文艺固有的风格道出革命的精神，是啊，我何尝没这样办呢？可是，我并没得到好处！也许是我的才力不够吧？也许……？反正我试验过了，而成绩欠佳！关于这一点，我似乎没法说得再明白些，除非你也去试验试验，你是不会明白我的。

诗未写完，本不想去写别的。可是，朋友们给我带来很多关于张自忠将军殉国的史料，并劝我写个四幕或五幕的话剧。我答应了，因为材料与问题既都丰富，而表扬忠烈又是文人的责任；我就暂放下诗，而去写戏。啊，这比诗还难写！历史大概永远是假的：目前的事最好莫谈，过去的事只好瞎猜！整整写了三个月，改过五次，结果还是不成东西。宣传剧已经不好写，含有历史性的宣传剧就简直不应尝试。今日的事情顶好留给后人去猜呀！我不愿再缕述所遭受的苦恼与失望，只须说一句话吧，我失败了！

这本剧写完，我拿起《剑北篇》来，希望于两三个月内告成。

我学习了，我并没有多大的成功，但是，我决不因失败而停顿了学习。我将继续学习下去，直到手不能拿起笔的那一天。

笼统的批评理论，对我，是没有什么用处的。只有试验的热心，勤苦的工作，才教我长进。三年来的成绩毫无可观，但是始终不懈的学习的热诚教我找到许多新的门径——只有这一点是差足自慰的。

> 万事都要全力以赴,
> 包括开心

人之所以为人 / 汪曾祺
——读《棋王》笔记

> 脑袋在肩上,
> 文章靠自己。
> ——阿城《孩子王》

读了阿城的小说,我觉得:这样的小说我写不出来。我相信,不但是我,很多人都写不出来。这样就很好。这样就增加了一篇新的小说,给小说这个概念带进了一点新的东西。否则,多写一篇,少写一篇;写,或不写,差不多。

提笔想写一点读了阿城小说之后的感想,煞费踌躇。因为我不认识他。我很少写评论。我评论过的极少的作家都是我很熟的人。这样我说起话来心里才比较有底。我认为写评论最好联系到所评的作家这个人,不能只是就作品谈作品。就作品谈作品,只论文,不论人,我认为这是目前文学评论的一个缺点。我不认识阿城,没有见过。他的父亲我是见过的。那是他倒了霉的时候，似乎还在生着病。我无端地觉得阿城像他的父亲。这很好。

阿城曾是"知青"。现有的辞书里还没有"知青"这个词条。这一条很难写。绝不能简单地解释为"有知识的青年"。这是一个特定的历史时期的产物，一个很特殊的社会现象，一个经历坎坷、别具风貌的阶层。

知青并不都是一样。正如阿城在《一些话》中所说："知青上山下乡是一种特殊情况下的扭曲现象，它使有的人狂妄，有的人消沉，有的人投机，有的人安静。"这样的知青我大都见过。但是大多数知青，都有一个共同的特点，如阿城所说："老老实实地面对人生，在中国诚实地生活。"大多数知青看问题比我们这一代现实得多。他们是很清醒的现实主义者。

大多数知青是从温情脉脉的纱幕中被放逐到中国的干硬的土地上去的。我小的时候唱过一支带有感伤主义色彩的歌："离开父，离开母，离开兄弟姊妹们，独自行千里……"知青正是这样。他们不再是老师的学生，父母的儿女，姊妹的兄弟，赤条条地被掷到"广阔天地"之中去了。他们要用自己的双手谋食。于是，他们开始用自己的眼睛去看世界。棋呆子王一生说："你们这些人好日子过惯了，世上不明白的事儿多着呢！"多数知青从"好日子"里被甩出来了，于是他们明白许多他们原来不明白的事。

我发现，知青和我们年轻时不同。他们不软弱，较少不着边际的幻想，几乎没有感伤主义。他们的心不是水蜜桃，不是香白杏。他们的心是坚果，是山核桃。

知青和老一代的最大的不同，是他们较少教条主义。我们这一代，多多少少都带有教条主义色彩。

我很庆幸地看到（也从阿城的小说里）这一代没有被生活打倒。知青里自杀的极少、极少。他们大都不怨天尤人。彷徨、幻灭，都已经过去了。他们怀疑过，但是通过怀疑得到了信念。他们没有流于愤世嫉俗，玩世不恭。他们是看透了许多东西，但是也看到了一些东西。这就是中国，和人。中国人。他们的眼睛从自己的脚下移向远方的地平线。他们是一些悲壮的乐观主义者。有了他们，地球就可以修理得较为整齐，历史就可以源源不绝地默默地延伸。

他们是有希望的一代，有作为的一代。阿城的小说给我们传达了一个非常可喜的信息。我想，这是阿城的小说赢得广大的读者，在青年的心灵中产生共鸣的原因。

《棋王》写的是什么？我以为写的就是关于吃和下棋的故事。先说吃，再说下棋。

文学作品描写吃的很少（弗琴尼尔沃尔夫曾提出过为什么

第一章
人活着，就得有点坚持

小说里写宴会，很少描写那些食物的）。大概古今中外的作家都有点清高，认为吃是很俗的事。其实吃是人生第一需要。阿城是一个认识吃的意义，并且把吃当作小说的重要情节的作家。（陆文夫的《美食家》写的是一个馋人的故事，不是关于吃的）他对吃的态度是虔诚的。《棋王》有两处写吃，都很精彩。一处是王一生在火车上吃饭，一处是吃蛇。一处写对吃的需求，一处写吃的快乐——一种神圣的快乐。写得那样精细深刻，不厌其烦，以至读了之后，会引起读者肠胃的生理感觉。正面写吃，我以为是阿城对生活的极其现实的态度。对于吃的这样的刻画，非经身受，不能道出。这使阿城的小说显得非常真实，不假。《棋王》的情节按说是很奇，但是奇而不假。

我不会下棋，不解棋道，但我相信有像王一生那样的棋呆子。我欣赏王一生对下棋的看法："我迷象棋。一下棋，就什么都忘了。待在棋里舒服。"人总要待在一种什么东西里，沉溺其中。苟有所得，才能实证自己的存在，切实地掂出自己的价值。王一生一个人和几个人赛棋，连环大战，在胜利后，呜呜地哭着说："妈，儿今天明白事儿了。人还要有点儿东西，才叫活着。"是的，人总要有点东西，活着才有意义。人总要把自己生命的精华都调动出来，倾力一搏，像干将、莫邪一样，把自己炼进自己的剑里，这，才叫活着。

"不有博弈者乎？为之犹贤乎己。"弈虽小道，可以喻大。

"用志不分，乃凝于神"，古今成事业者都需要有这么一点精神。这是我们这个时代需要的精神。

我这样说，阿城也许不高兴。作者的主意，不宜说破。说破便煞风景。说得太实，尤其令人扫兴。

阿城的小说的结尾都是胜利。人的胜利。《棋王》的结尾，王一生胜了。《孩子王》的结尾，"我"被解除了职务，重回生产队劳动去了。但是他胜利了。他教的学生王福写出了这样的好文章："……早上出的白太阳，父亲在山上走，走进白太阳里去。我想，父亲有力气啦。"教的学生写出这样的好文章，这是胜利，是对一切陈规的胜利。

《树王》的结尾，萧疙瘩死了，但是他死得很悲壮。

因此，我说阿城是一个乐观主义者。

有人告诉我，阿城把道家思想糅进了小说。《棋王》里的确有一些道家的话。但那是拣烂纸的老头的思想。甚至也可以说是王一生的思想，不一定就是阿城的思想。阿城大概是看过一些道家的书。他的思想难免受到一些影响。《树王》好像就涉及一点"天"和"人"的关系（这篇东西我还没太看懂，捉不准他究竟想说什么，容我再看看，再想想）。但是我不希望把阿城和道家纠在一起。他最近的小说《孩子王》，我就看不出有什么道家的痕迹。我不希望阿城一头扎进道家里出不来。

第一章
人活着，就得有点坚持

阿城是有师承的。他看过不少古今中外的书。外国的，我觉得他大概受过海明威的影响，还有陀思妥耶夫斯基。中国的，他受鲁迅的影响是很明显的。他似乎还受过废名的影响。他有些造句光秃秃的，不求规整，有点像《莫须有先生传》。但这都是瞎猜。他的叙述方法和语言是他自己的。司空图《二十四诗品》云："俯拾即是，不取诸邻。俱道适往，着手成春。"说得很好。阿城的文体的可贵处正在"不取诸邻"。"脑袋在肩上，文章靠自己。"

阿城是敏感的。他对生活的观察很精细，能够从平常的生活现象中看出别人视若无睹的特殊的情趣。他的观察是伴随了思索的。否则他就不会在生活中看到生活的底蕴。这样，他才能积蓄了各样的生活的印象，可以俯拾，形成作品。

然而在摄取到生活印象的当时，即在特殊时期，在他下放劳动的时候，没有写出小说。这是可以理解的，正常的。

只有在今天，现在，阿城才能更清晰地回顾那一段极不正常时期的生活，那个时期的人，写下来。因为他有了成熟的、冷静的、理直气壮的、不必左顾右盼的思想。一下笔，就都对了。

他的信心和笔力来自党的十一届三中全会以后中国生活的现实。十一届三中全会救了中国，救了一代青年人，也救了现实主义。

阿城业已成为有自己独特风格的青年作家,循此而进,精益求精,如王一生之于棋艺,必将成为中国小说的大家。

第一章
人活着，就得有点坚持

谁能万里一身行 / 冯骥才

昨天，摄影家郑云峰跑到天津来，见面二话没说，就把一本又厚又沉的画册像一块大石板压到我怀里。封面赫然印着沈鹏先生题写的三个苍劲的字：三江源。

夏天里，我在北洋美术馆为郑云峰先生举办"拥抱母亲河"摄影展时，他说马上就要出版这部凝聚他二十多年心血的大书，跟着又说他还要跑一趟黄河的中下游，把黄河拍完整了。干事的人总是不满足自己干过的事，总是叫你的目光盯在他正在全神贯注的明天的事情上。

在他的摄影展上，郑云峰感动了天津大学年轻的学子们。谁肯一个人拿出全部家财买一条船，抱着一台相机在长江里漂流整整二十年，并爬遍长江两岸大大小小所有的山，拍摄下这伟大的自然和人文生命每一个动人的细节？不单其艰辛匪夷所思，最难熬的是独自一人终岁行走在山川之间的孤寂。他为了什么——为了在长江截流蓄水前留下这条养育了中华民族的母亲河真正的容颜，为了留下李白杜甫等历代诗人曾经讴歌过的这条大江的死面相，为了给长江留下一份完整的视觉"备忘录"。多疯狂的想法，但郑云峰实实在在地完成了。他以几十万张照片挽留住长江亘古以来的生命形象。为此，我在他的摄影展开幕式上讲道："这原本不是个人的事，却叫他一个人默默却心甘情愿地承担了。我们天天叫嚷着要张扬自我，那么谁来张扬我们的山河、我们文化的民族？"

提起郑云峰，自然还会联想到最早发现"老房子"之美的李玉祥。他也是一位摄影家，是三联书店的特聘编辑。九十年代初他推出一大套摄影图书《老房子》时，全国正在进行翻天覆地的"旧城改造"。李玉祥却执拗地叫人们向那些正在被扫荡的城市遗产投之以依恋的目光。二十一世纪初凤凰电视台要拍一部电视片《追寻远去的家园》，计划从南到北穿过数百个各个地域最具经典意义的古村落。凤凰电视台想请我做"向导"，可是我当时正忙着启动多项民间文化遗产的普查，便推荐李玉祥。我说："跑过中国古村落最多的人是李玉祥。"

记得那阵子我的手机上常常出现一些陌生地区的电话号码，都是李玉祥在给电视剧组做向导时一路打来的。这些古村落都曾令李玉祥如醉如痴，这一次却不断听到他在话筒里的惊呼："怎么那个村子没了，十年前明明一个特棒的古村落在这里呀！""怎么变成这样，全毁得七零八落啦！"听得出他的惋

第一章
人活着，就得有点坚持

惜、痛苦、焦急和空茫。也许为此，多年来李玉祥一直争分夺秒地在和这些难逃厄运、转瞬即逝的古村落争抢时间。他要把这些经过千百年创造的历史遗容留在他相机的暗盒里。他是一介书生。他最多只能做到这样。然而他把摄影的记录价值发挥到极致。这些价值在被野蛮而狂躁的城市改造见证着。许多照片已成为一些城市与乡镇历史个性的最直观的见证。李玉祥至今没有停止他的自我使命，依然端着沉重的相机，在天南海北的村落间踽踽独行。古来的文人崇尚"甘守寂寞"和"不求闻达"，并视为至高的境界。然而在市场经济兼媒体霸权的时代，寂寞似与贫困相伴，闻达则与发达共荣，有几人还肯埋头于被闹市远远撇在一边冰冷的角落里？不都拼命在市场中争奇斗艳、兴风作浪吗？

前些天在北京见到李玉祥。他说他已经把江浙闽赣晋豫冀鲁一带跑遍。他想再把西北诸省细致地深入一下。我忽然发现站在面前的李玉祥有点变样，十多年前那种血气方刚的青年人的气息不见了，俨然一个带着些疲惫的中年汉子。心中暗暗一算，他已年过四十五岁。他把生命中最具光彩的青春岁月全支付给那些优美而缄默着的古村落了。

然而，很少有人知道他，因为他并不想叫人知道他本人，只想让人们留心和留住那些珍贵的历史精华。

由此，又联想起郭雨桥——这位专事调查草原民居的学者，多年来为了盘清游牧时代的文化遗存，也几乎倾尽囊中所有。背着相机、笔记本、雨衣、干粮和各种药瓶药盒，从内蒙古到宁夏和新疆，全是孤身一人。他和郑云峰、李玉祥一样，已经与他们所探索的文化生命融为一体。记得他只身穿过贺兰山地区时，早晨钻出蒙古包，在清冽沁人的空气里，他被寥廓大地的边缘升起的太阳感动得流泪。他想用手机把他的感受告诉我，但地远天偏，信号极差。他一连打了多次，那些由手机传来的一些片断的声音最终才联结成他难以抑制的激情。上个月我到呼和浩特，他正在东蒙考察，听说我到了，连夜坐着硬席列车赶了几百公里来看我，使我感动不已。雨桥不善言辞，说话不多，但有几句话他反复说了几遍，就是他还要用三年时间，争取七十岁前把草原跑完。

　　他为什么非要把草原跑完？并没人叫他非这么做不可，再说也没有人支持他、搭理他。那些"把文化做大做强"的口号，都是在丰盛的酒席上叫喊出来的。他一心只是把为之献身的事做细做精。

　　然而，这一次我发现雨桥的身体差多了。他的腿因过力和劳损而变得笨重迟缓。我对他说再出远门，得找一个年轻人做伴。"能不能在大学找一个民俗学的研究生给你做做帮手？"他对我只是苦笑而不言。是呵，谁肯随他付出这样的辛苦？这种辛苦几乎是没有回报和任何实惠的。此次我们分手后的第三

第一章
人活着，就得有点坚持

天，他又赴东蒙。草原已经凉了，今年出行在外的时间已然不多，他必须抓紧每一天。

随后一日，我的手机短信出现他发来的一首诗："萧萧秋风起，悠悠数千里，年老感负重，腿僵知路迟。玉人送甘果，蒙语开心扉，古俗动心处，陶然胶片飞。"此时，在感动之中，当即发去一诗：

草原空寥却有情，

伴君万里一身行，

志大男儿不道苦，

天下几人敢争锋？

上边说到三个不凡的人。一个在万里大江中，一个在茫茫草原上，一个在大地的深处。当然还有些同样了不起的人，至今还在那里默默而孤单地工作着。

> 万事都要全力以赴,
> 包括开心

悼齐如山先生 / 梁实秋

精神矍铄谈笑风生

抗战期间,国立编译馆有一组人员从事平剧修订工作(后来由正中书局出版修订平剧选若干集),我那时适在北碚,遂兼主其事,在剧本里时遇到许多不易解决的问题,搔首踟蹰,不知如何落笔。同人都是爱好戏剧的朋友,其中有票友,也有戏剧学校毕业的,但是没有真正科班出身的,因此对平剧的传统的规矩与艺术颇感认识不足,常常谈到齐如山先生,如果能有机会向他请益,该有多好。

胜利后我到北平,因陈纪滢、王向辰两位先生之介得以拜识齐老先生,谈起来才知道齐老先生和先严在同文馆是同班同学,不过一是德文班一是英文班。齐老先生精神矍铄,谈笑风生,除了演剧的事情之外,他的兴趣旁及于小说及一切民间艺术,民间生活习惯以及风俗、沿革、掌故均能谈来头头是道、如数家珍。以知齐老先生是一个真知道生活艺术的人，对于人生有一份极深挚的爱，这种禀赋是很不寻常的。

年逾七十健壮如常

齐先生收藏甚富，包括剧本、道具、乐器、图书、行头等等。抗日军兴，他为保护这一批文献颇费了一番苦心，装了几百只大木箱存在一个比较安全的地方，胜利之后才取了出来。这时节"中国国剧学会"恢复，先生的收藏便得到了一个展览的地方。我记得是在东城皇城根一所宫殿式的房子，原属于故宫，有三间大殿作为展览室，有一座亭子作为客厅。院里有汉白玉的平台和台阶，平台有十来块圆形的大石头，中间有个窟窿，据说是插灯笼用的。我看有一块妨碍行路，便想把它搬开，岂知分量甚重，我摇撼一下便不再尝试。齐老先生走过来就给搬开了，脸不红气不喘，使我甚为惭愧。还有一次在齐先生书斋里，齐先生表演"打飞脚"，一个转身，一声拍脚声，干净利落，我们不由得喝彩。那时在座的有老伶工尚和玉先生，不觉技痒，起身打个飞脚。按说这是他的当行出色的拿手，不料拖泥带水、欹里歪斜地几乎跌倒，有人上前把他扶住。那时候齐先生已有七十多岁，而尚健康如此。

提倡国剧不遗余力

中国国剧学会以齐先生为理事长,陈纪滢、王向辰和我都是理事,此外还延请了若干老伶工参加,如王瑶卿、王凤卿、尚和玉、侯喜瑞、萧长华、郝寿臣等,徐兰沅也在内。因为这个关系,我得有机会追随齐老先生之后遍访诸位伶工,听他们谈起内廷供奉以及当年的三庆四喜、梨园往事,真不禁令人发思古之幽情。由于我们的建议,后来在青年会开了一次国剧晚会,请老伶工十余位分别登台随意讲说他们的演剧的艺术。这些老人久已不与观众见面,故当时盛况空前。我们为国剧学会提出了许多工作计划,在齐先生领导之下,我们不时地研讨如何整理、研究、保藏、传授国剧的艺术。可惜不到三年的工夫,平津弃守,国剧学会如烟云散,齐先生的收藏也十之八九丢弃在那里了。

我在一九四八年冬离平赴粤,随后接到齐老先生自基隆来信,附有纪游小诗二首。我知道他老先生已到台湾,深自为他庆幸,也奉和了两首歪诗。一九四九年我到台湾,因为事忙,很少机会趋候问安,但是经常看到他的写作,年事已高而笔墨不辍,真是惭愧后生。最近先生所著《国剧艺术汇考》出版,承赐一册,并在电话中嘱我批评。我不敢有负长辈厚意,写读后一文交《中国一周》,不数日而先生遽归道山!

钻研学问既专且精

先生对于国剧之贡献已无须多赘。我觉得先生治学为人最足令人心折之处有二：一是专精的研究精神，一是悠闲的艺术生活。

我们无论研究哪一门学问，只要持之以恒，日积月累即有可观。这点道理虽是简单，实行却很困难。齐先生之于国剧是使用了他的毕生的精力，看他从年轻的时候热心戏剧起一直到倒在剧院里，真是始终如一的生死以之。他搜求的资料是第一手的，是从来没经人系统地整理过的，此中艰辛真是不足为外人道，而求学之乐亦正在于此。齐先生的这种专精的精神，是可以做我们的楷模的。

享受生活随遇而安

齐先生心胸开朗，了无执着，所以他能享受生活，把生活当作艺术来享受，所以他风神潇洒，望之如闲云野鹤。他并不是穷奢极侈地去享受耳目声色之娱，他是随遇而安地欣赏社会人生之形形色色。他有闲情逸致去研讨"三百六十行"，他不吝与贩夫走卒为伍，他肯尝试各样各种的地方小吃。有一次他请我们几个人吃豆腐脑，在北平崇文门外有一家专卖豆腐脑的店铺，我这北平土著都不知道有这等的一个地方，果然吃得很满意。他的儿媳黄瑷珊女士精于烹调，有一部分可能是由于齐先生的指点。齐先生生活丰富，至老也不寂寞。他有浓烈的守旧的乡土观念，同时有极开通的自由的想法。看看他的家庭，看看他的生活方式，我们不能不钦佩他的风度。

老成凋谢，哲人其萎，怀想风范，不禁唏嘘！

第一章
人活着，就得有点坚持

记黄小泉先生 / 郑振铎

我永远不能忘记了黄小泉先生，他是那样的和蔼、忠厚、热心、善诱。受过他教诲的学生们没有一个能够忘记他。

他并不是一位出奇的人物，他没有赫赫之名；他不曾留下什么有名的著作，他不曾建立下什么令年轻人眉飞色舞的功勋。他只是一位小学教员，一位最没有野心的忠实的小学教员，他一生以教人为职业，他教导出不少位的很好的学生。他们都跑出他的前面，跟着时代走去，或被时代拖了走去。但他留在那里，永远地继续地在教诲，在勤勤恳恳地做他的本分的事业。他做了五年，做了十年，做了二十年的小学教员，心无旁骛，志不他迁，直到他儿子炎甫承继了他的事业之后，他方才歇下他的担子，去从事一件比较轻松些、舒服些的工作。

他是一位最好的公民。他尽了他所应尽的最大的责任；不曾一天躲过懒，不曾想到过变更他的途程。——虽然在这二十年间尽有别的机会给他向比较轻松些、舒服些的路上走去。他只是不息不倦地教诲着，教诲着，教诲着。

小学校便是他的家庭之外的唯一的工作与游息之所。他没有任何不良的嗜好，连烟酒也都不入口。

有一位工人出身的厂主，在他从绑票匪的铁腕之下脱逃出来的时候，有人问他道："你为什么会不顾生死地脱逃出来呢？"

他答道："我知道我会得救。我生平不曾做过一件亏心的事，从工厂出来便到礼拜堂，从家里出来便到工厂。我知道上帝会保佑我的。"

小泉先生的工厂，便是他的学校，而他的礼拜堂也便是他的学校。他是确确实实地不曾到过第三个地方去：从家里出来便到学校，从学校出来便到家里。

他在家里是一位最好的父亲。他当然不是一位公子少爷，他父亲不曾为他留下多少遗产，也许只有一所三四间屋的瓦房——我已经记不清了，说不定这所瓦房还是租来的。他的薪水的收入是很微小的，但他的家庭生活很快活。他的儿子炎甫从少是在他的"父亲兼任教师"的教育之下长大的。炎甫进了中学，可以自力研究了，他才放手。但到了炎甫在中学毕业之后，却因为经济的困难，没有希望升学，只好也在家乡做着小学教员。炎甫的收入极小，对于他的帮助当然是不多。这几十年间，他们的一家，这样的在不充裕的生活里度过。

但他们很快活。父子之间，老是像朋友似的在讨论着什么，在互相帮助着什么。炎甫结了婚，他的妻是我少时候很熟悉的一位游伴，她在他们家里觉得很舒服，他们从不曾有过什么不愉快的争执。

小泉先生在学校里，对于一般小学生的态度，也便是像对待他自己的儿子炎甫一样，不当他们是被教诲的学生们，不以他们为知识不充足的小人们；他只当他们是朋友，最密切亲近的朋友。他极善诱导启发，出之以至诚，发之于心坎。我从不曾看见他对于小学生有过疾言厉色的责备。有什么学生犯下了过错，他总是和蔼地在劝告，在絮谈，在闲话。

没有一个学生怕他，但没有一个学生不敬爱他。

他做了二十年的高等小学校的教员、校长。他自己原是科举出身，对于新式的教育却努力地不断地在学习，在研究，在讨论。在内地，看报的人很少，读杂志的人更少；我记得他却订阅了一份《教育杂志》，这当然给他以不少的新的资料与教导法。

他是一位教国文的教师。所谓国文，本来是最难教授的东西；清末到民国六七年间的高等小学的国文，尤其是困难中之困难。不能放弃了旧的《四书》《五经》，同时又必须应用到新的教科书。教高小学生以《左传》《孟子》和《古文观止》之类是"对牛弹琴"之举，但小泉先生却能给我们以新鲜的材料。

我在别一个小学校里，国文教员拖长了声音，板正了脸孔，教我读《古文观止》。我至今还恨这部无聊的选本！

但小泉先生教我念《左传》，他用的是新的方法，我却很感到趣味。

仿佛是到了高小的第二年，我才跟从了小泉先生念书，我第一次有了一位不可怕而可爱的先生。这对于我爱读书的癖性的养成是很有关系的。

高小毕业后，预备考中学。曾和炎甫等几个同学，在一所庙宇里补习国文，教员也便是小泉先生。在那时候，我的国文，进步得最快。我第一次学习着作文。我永远不能忘记了那时候的快乐的生活。

到进了中学校，那国文教师又在板正了脸孔，拖长了声音在念《古文观止》！求小泉先生那个时代那么活泼善诱的国文教师是终于不可得了！

所以，受教的日子虽不很多，但我永远不能忘记了他。

他和我家有世谊，我和炎甫又是很好的同学，所以，虽离开了他的学校，他还不断地在教诲我。

假如我对于文章有什么一得之见的话，小泉先生便是我的真正的启蒙先生、真正的指导者。

我永远不能忘记了他，永远不能忘记了他的和蔼、忠厚、热心、善诱的态度——虽然离开了他已经有十几年，而现在是永不能有再见到他的机会了。

但他的声音笑貌在我还鲜明如昨日！

第二章
在庸常的世界里,发现细微的美好

现实的世界退缩了,想象的世界放大了。
我们想象的放大,
不也就是我们人格的放大?
放大到感染一切时,
整个的世界也因而富有情思了。

万事都要全力以赴，
包括开心

闲居 / 丰子恺

闲居，在生活上人都说是不幸的，但在情趣上我觉得是最快适的了。假如国民政府新定一条法律："闲居必须整天禁锢在自己的房间里。"我也不愿出去干事，宁可闲居而被禁锢。

在房间里很可以自由取乐，如果把房间当作一幅画看的时候，其布置就如画的"置陈"了。譬如书房，主人的座位为全局的主眼，犹之一幅画中的 middle point（中心点），须居全幅中最重要的地位。其他自书架、几、椅、藤床、火炉、壁饰、自鸣钟，以至痰盂、纸簏等，各以主眼为中心而布置，使全局的焦点集中于主人的座位，犹之画中的附属物、背景，均须有护卫主物，显衬主物的作用。这样妥帖之后，人在里面，精神自然安定、集中，而快适。这是谁都懂得，谁都可以自由取乐的事。虽然有的人不讲究自己的房间的布置，然走进一间布置很妥帖的房间，一定谁也觉得快适。这可见人都会鉴赏，鉴赏就是被动的创作，故可说这是谁也懂得，谁也可以自由取乐的事。

第二章
在庸常的世界里，发现细微的美好

我在贫乏而粗末的自己的书房里，常常欢喜做这个玩意儿。把几件粗陋的家具搬来搬去，一月中总要搬数回。搬到痰盂不能移动一寸，脸盆架子不能旋转1度的时候，便有很妥帖的位置出现了。那时候我自己坐在主眼的座上，环视上下四周，君临一切。觉得一切都朝宗于我，一切都为我尽其职司，如百官之朝天，众星之拱北辰。就是墙上一只很小的钉，望去也似乎居相当的位置，对全体为有机的一员，对我尽专任的职司。我统御这个天下，想象南面王的气概，得到几天的快适。

有一次我闲居在自己的房间里，曾经对自鸣钟寻了一回开心。自鸣钟这个东西，在都会里差不多可说是无处不有，无人不备的了。然而它这张脸皮，我看惯了真讨厌得很。罗马字的还算好看；我房间里的一只，又是粗大的数学码子的。数学的九个字，我见了最头痛，谁愿意每天做数学呢！有一天，大概是闲日月中的闲日，我就从墙壁上请它下来，拿油画颜料把它的脸皮涂成天蓝色，在上面画几根绿的杨柳枝，又用硬的黑纸剪成两只飞燕，用浆糊粘住在两只针的尖头上。这样一来，就变成了两只燕子飞逐在杨柳中间的一幅圆额的油画了。凡在三点二十几分，八点三十几分等时候，画的构图就非常妥帖，因为两只飞燕适在全幅中稍偏的位置，而且追随在一块，画面就保住均衡了。辨识时间，没有数目字也是很容易的：针向上垂直为十二时，向下垂直为六时，向左水平为九时，向右水平为三时。这就是把圆周分为四个 quarter（一刻钟），是肉眼也很容易办到的事。一个 quarter 里面平分为三格，就得长针五分钟的距离了，这不十分容易正确，然相差至多不过一两分钟，只要不是天文台，电报局或火车站里，人家家里上下一两分钟本来是不要紧的。倘眼睛锐利一点，看惯之后，其实半分钟也是可以分明辨出的。这自鸣钟现在还挂在我的房间里，虽然惯用之后不甚新颖了，然终不觉得讨厌，因为它在壁上不是显明的实用的一只自鸣钟，而可以冒充一幅油画。

除了空间以外，闲居的时候我又欢喜把一天的生活的情调来比方音乐。如果把一天的生活当作一个乐曲，其经过就像乐章（movement）的移行了。一天的早晨，晴雨如何？冷暖如何？人事的情形如何？犹之第一乐章的开始，先已奏出全曲的根柢的"主题"（theme）。一天的生活，例如事务的纷忙，意外的发生，祸福的临门，犹如曲中的长音阶（大音阶）变为短音阶（小音阶）的，C 调变为 F 调，adagio（柔板）变为 allegro（快板）。甚或昼永人闲，平安无事，那就像始终 C 调的 andante（行板）的长大的乐章了。以气候而论，春日是孟檀尔伸（Mendelssohn），夏日是斐德芬（Beethoven），秋日是晓邦（Chopin）、修芒（Schumann），冬日是修斐尔德（Schubert）。这也是谁也可以感到，谁也可以懂得的事，试看无论什么机关里，团体里，做无论什么事务的人，在阴雨的天气，办事一定不及在晴天的起劲，高兴，积极。如果有不论天气，天天照常办事的人，这一定不是人，是一架机器。只要看挑到我们后门头来卖臭豆腐干的江北人，近来秋雨连日，他的叫声自然懒洋洋地低钝起来，远不如一月以前的炎阳下的"臭豆腐干！"的热辣了。

> 万事都要全力以赴,
> 包括开心

江行的晨暮 /朱湘

美在任何的地方,即使是古老的城外,一个轮船码头的上面。

等船,在划子上,在暮秋夜里九点钟的时候,有一点冷的风。天与江,都暗了,不过,仔细地看去,江水还浮着黄色。中间所横着的一条深黑,那是江的南岸。

在众星的点缀里,长庚星闪耀得像一盏较远的电灯。一条水银色的光带晃动在江水之上。看得见一盏红色的渔灯。

岸上的房屋是一排黑的轮廓。

一条趸船在四五丈以外的地点。模糊的电灯,平时令人不快的,在这时候,在这条趸船上,反而,不仅是悦目,简直是美了。在它的光围下面,聚集着一些人形的轮廓。不过,并听不见人声,像这条划子上这样。

忽然间,在前面江心里,有一些黝黯的帆船顺流而下,没有声音,像一些巨大的鸟。

第二章
在庸常的世界里，发现细微的美好

一个商埠旁边的清晨。

太阳升上了有 20 度；覆碗的月亮与地平线还有 40 度的距离。几大片鳞云黏在浅碧的天空里；看来，云好像是在太阳的后面，并且远了不少。

山岭披着古铜色的衣，褶痕是大有画意的。

水汽腾上有两尺多高。有几只肥大的鸥鸟，它们，在阳光之内，暂时的闪白。

月亮是在左舷的这边。

水汽腾上有一尺多高；在这边，它是时隐时显的。在船影之内，它简直是看不见了。

颜色十分清润的，是远洲的列树，水平线上的帆船。

江水由船边的黄到中心的铁青到岸边的银灰色。有几只小轮在喷吐着煤烟：在烟囱的端际，它是黑色；在船影里，淡青，米色，苍白；在斜映着的阳光里，棕黄。

清晨时候的江行是色彩的。

万事都要全力以赴，
包括开心

胸无成竹的快乐 / 冯骥才

友人见我伏案作画，便说凡事不能两全，你不如"弃文从画"算了。我问何故"弃文从画"而不"弃画从文"？

友人说：看你——白纸铺案，信笔挥洒，水墨淋漓，浓淡相渍，变化万千，妙不可言；情趣多为偶然，意味也就无穷。绘画充满这样的偶然，作画时便充溢着快感，无怪乎画家大多高龄长寿，白首童颜，不知老之将至；而写作却是刻意为之，搜索枯肠，绞尽脑汁，常年笔耕，劳损形容，竭尽心血，早衰早病，往往掷笔之日也正是撒手人寰之时了！

我听罢笑道，错矣！你说那搜索枯肠、绞尽脑汁的写作，恐怕是指那些错入文坛的人吧。写作自然要精雕细刻，字斟句酌，语不惊人死不休，甚至创造一种独属自己的文体，一种语调，一种文字结构。那真如创造一个太阳。然而一旦找到这种叙述状态和文字方式，就好比卫星进入轨道，在无边无际银灰色的太空里无阻力地悠悠滑行。无数奇景幻象，迎面飞来；那

第二章
在庸常的世界里，发现细微的美好

些亮煌煌的星球，是一个个奇特而发光的句子。写作进入心态才是最自由的状态；你一旦叫你自己吃惊，那才是达到了最令人迷醉的写作境界。一时，飘飘如仙，随心所欲，前不知由何而起，后不知为何而止。好比旅游，一切快乐都在这笔管随同心灵的行程之中。这一切，不都与绘画一样——充满了偶然又享受了偶然？谁说写作只是一种精神的自我惩罚或灵魂负役般的劳作？

由此而论，散文随笔的写作，胜似小说。不必为虚构的人物故事去铺陈与交代，也不必费力地把虚构的变为比真实的更可信。只要心有意态，笔有情氛，信马由缰，收桨放舟，乱花飞絮，野溪奔流，一任天然。这种写作，无须谋篇布局，也无须思考周详，一旦开笔，听任心灵的解脱与呈现；大脑愈有空白，笔下愈有意外而惊人的灵性出现。小说写作应胸有成竹，散文随笔当胸无成竹。竹生何处，生于心灵。情如春雨，淋淋一浇，青枝碧叶盈盈全冒出来，故此，古往今来名家大师的手下，一边是鸿篇巨制，一边是精短散文；这种散文，逼真亲切，更如其人。

故我对友人说：写作有如此多的快乐，我为何弃文从画？文，我所欲也，画，亦我所欲也，二者何不兼得，两全其美也。

> 万事都要全力以赴,
> 包括开心

书房的窗子 / 杨振声

说也可怜,抗战归来,卧房都租不到一间,何言书房?既无书房,又何从说到书房的窗子!

唉!先生,你别见笑,叫花子连做梦都在想吃肉,正为没得,才想得厉害,我不但想到书房,连书房里每一角落,我都布置好。今天又想到了我那书房的窗子。

说起窗子,那真是人类穴居之后一点灵机的闪耀才发明了它。它给你清风与明月,它给你晴日与碧空,它给你山光与水色,它给你安安静静地坐窗前,欣赏着宇宙的一切,一句话,它打通你与天然的界限。

但窗子的功用,虽是到处一样,而窗子的方向,却有各人的嗜好不同。陆放翁的"一窗晴日写黄庭",大概指的是南窗,我不反对南窗的光朗与健康,特别在北方的冬天,南窗放进满屋的晴日,你随便拿一本书坐在窗下取暖,书页上的诗句全浸润在金色的光浪中,你书桌旁若有一盆蜡梅那就更好——以前在北平只值几毛钱一盆，高三四尺者亦不过一两元，蜡梅比红梅色雅而秀清，价钱并不比红梅贵多少。那么，就算有一盆蜡梅吧。蜡梅在阳光的照耀中荡漾着芬芳，把几枝疏脱的影子漫画在新洒扫的砖地上，如漆墨画。天知道，那是一种清居的享受。

东窗在初红里迎着朝暾，你起来开了格扇，放进一屋的清新。朝气洗涤了昨宵一梦的荒唐，使人精神清振，与宇宙万物一体更新。假使你窗外有一株古梅或是海棠，你可以看"朝日红妆"；有海，你可以看"海日生残夜"；一无所有，看朝霞的艳红，再不然，看想象中的邺宫，"晓日靓装千骑女，白樱桃下紫纶巾"。

"挂起西窗浪按天"这样的西窗，不独坡翁喜欢，我们谁都喜欢。然而西窗的风趣，正不止此，压山的红日徘徊于西窗之际，照出书房里一种透明的宁静。苍蝇的搓脚，微尘的轻游，都带些倦意了。人在一日的劳动后，带着微疲放下工作，舒适地坐下来吃一杯热茶，开窗西望，太阳已隐到山后了。田间小径上疏落地走着荷锄归来的农夫，隐约听到母牛哞哞地在唤着小犊同归。山色此时已由微红而深紫，而黝蓝。苍然暮色也渐渐笼上山脚的树林。西天上独有一缕镶着黄边的白云冉冉而行。

然而我独喜欢北窗。那就全是光的问题了。

说到光，我有一致偏向，就是不喜欢强烈的光而喜欢清淡的光，不喜欢敞开的光而喜欢隐约的光，不喜欢直接的光而喜欢反射的光，就拿日光来说吧，我不爱中午的骄阳，而爱"晨光之熹微"与夫落日的古红。纵使光度一样，也觉得一片平原的光海，总不及山阴水曲间光线的隐翳，或枝叶扶疏的树荫下光波的流动，至于反光更比直光来得委婉。"残夜水明楼"是那般的清虚可爱，而"明清照积雪"使你感到满目清晖。

不错，特别是雪的反光。在太阳下是那样霸道，而在月光下却又这般温柔。其实，雪光在阴阴天宇下，也满有风趣。特别是新雪的早晨，你一醒来全不知道昨宵降了一夜的雪，只看从纸窗透进满室的虚白，便与平时不同，那白中透出银色的清晖，温润而匀净，使屋子里平添一番恬静的滋味，披衣起床且不看雪，先掏开那尚未睡醒的炉子，那屋里顿然煦暖。然后再从容揭开窗帘一看，满目皓洁，庭前的枝枝都压垂到地角上了，望望天，还是阴阴的，那就准知道这一天你的屋子会比平常更幽静。

至于拿月光与日光比，我当然更喜欢月光，在月光下，人是那般隐藏，天宇是那般的素净。现实的世界退缩了，想象的世界放大了。我们想象的放大，不也就是我们人格的放大？放大到感染一切时，整个的世界也因而富有情思了。"疏影横斜水清浅，暗香浮动月黄昏"比之"晴雪梅花"更为空灵，更为生动，"无情有恨何人见，月亮风清欲坠时"比之"枝头春意"

第二章
在庸常的世界里，发现细微的美好

更富深情与幽思；而"宿妆残粉未明天，每立昭阳花树边"也比"水晶帘下看梳头"更动人怜惜之情。

这里不止是光度的问题，而是光度影响了态度。强烈的光使我们一切看得清楚，却不必使我们想得明透，使我们有行动的愉悦，却不必使我们有沉思的因缘；使我像春草一般地向外发展，却不能使我们像夜合一般地向内收敛。强光太使我们与外物接近了，留不得一分想象的距离。而一切文艺的创造，绝不是一些外界事物的推拢，而是事物经过个性的熔冶，范铸出来的作物。强烈的光与一切强有力的东西一样，它压迫我们的个性。

以此，我便爱上了北窗。南窗的光强，固不必说，就是东窗和西窗也不如北窗。北窗放进的光是那般清淡而隐约，反射而不直接，说到反光，当然便到了"窗子以外"了，我不敢想象窗外有什么明湖或青山的反光，那太奢望了。我只希望北窗外有一带古老的粉墙。你说古老的粉墙？一点不错。最低限度地要老到透出点微黄的颜色；假如可能，古墙上生几片青翠的石斑。这墙不要去窗太近，太近则逼窄，使人心狭；也不要太远，太远便不成为窗子屏风：去窗一丈五尺左右便好。如此古墙上的光辉反射在窗下的书桌上，润泽而淡白，不带一分逼人的霸气。这种清光绝不会侵凌你的幽静，也不会扰乱你的运思。它与清晨太阳未出以前的天光，及太阳初下，夕露未滋，湖面上的水光同是一样的清幽。

假如，你嫌这样的光太朴素了些，那你就在墙边种上一行疏竹。有风，你可以欣赏它婆娑的舞容；有月，窗上迷离的竹影；有雨，它给你平添一番清凄；有雪，那素洁，那清劲，确是你清寂中的佳友。即使无月无风，无雨无雪，红日半墙，竹荫微动，掩映于你书桌上的清晖，泛出一片青翠，几纹波痕，那般的生动而空灵，你书桌上满写着清新的诗句，你坐在那儿，纵使不读书也"要得"。

第二章
在庸常的世界里，发现细微的美好

雪 / 鲁彦

美丽的雪花飞舞起来了。我已经有三年不曾见着它。

去年在福建，仿佛比现在更迟一点，也曾见过雪。但那是远处山顶的积雪，可不是飞舞着的雪花。在平原上，它只是偶然地随着雨点洒下来几颗，没有落到地面的时候。它的颜色是灰的，不是白色；它的重量像是雨点，并不会飞舞。一到地面，它立刻融成了水，没有痕迹，也未尝跳跃，也未尝发出窸窣的声音，像江浙一带下雪子时的模样。这样的雪，在四十年来第一次看见它的老年的福建人，诚然能感到特别的意味，谈得津津有味，但在我，却总觉得索然。"福建下过雪"，我可没有这样想过。

我喜欢眼前飞舞着的上海的雪花。它才是"雪白"的白色，也才是花一样的美丽。它好像比空气还轻，并不从半空里落下来，而是被空气从地面卷起来的。然而它又像是活的生物，像夏天黄昏时候的成群的蚊蚋，像春天流蜜时期的蜜蜂，它的忙碌的飞翔，或上或下，或快或慢，或粘着人身，或拥入窗隙，仿佛自有它自己的意志和目的。它静默无声。但在它飞舞的时候，我们似乎听见了千百万人马的呼号和脚步声，大海的汹涌的波涛声，森林的狂吼声，有时又似乎听见了情人的切切的密语声，礼拜堂的平静的晚祷声，花园里的欢乐的鸟歌声……它所带来的是阴沉与严寒。但在它的飞舞的姿态中，我们看见了慈善的母亲，柔和的情人，活泼的孩子，微笑的花，温暖的太阳，静默的晚霞……它没有气息。但当它扑到我们面上的时候，我们似乎闻到了旷野间鲜洁的空气的气息，山谷中幽雅的兰花的气息，花园里浓郁的玫瑰的气息，清淡的茉莉花的气息……在白天，它做出千百种婀娜的姿态；夜间，它发出银色的光辉，照耀着我们行路的人，又在我们的玻璃窗上札札地绘就了各式各样的花卉和树木，斜的，直的，弯的，倒的。还有那河流，那天上的云……

现在，美丽的雪花飞舞了。我喜欢，我已经有三年不曾见着它。我的喜欢有如四十年来第一次看见它的老年的福建人。但是，和老年的福建人一样，我回想着过去下雪时候的生活，现在的喜悦就像这钻进窗隙落到我桌上的雪花似的，渐渐融化，而且立刻消失了。

记得某年在北京，一个朋友的寓所里，围着火炉，煮着全中国最好的白菜和面，喝着酒，剥着花生，谈笑得几乎忘记了

第二章
在庸常的世界里，发现细微的美好

身在异乡；吃得满面通红，两个人一路唱着，一路踏着吱吱地叫着的雪，踉跄地从东长安街的起头踱到西长安街的尽头，又忘记了正是异乡最寒冷的时候。这样的生活，和今天的一比，不禁使我感到惘然。上海的朋友们都像是工厂里的机器，忙碌得一刻没有休息；而在下雪的今天，他们又叫我一个人看守着永不会有人或电话来访问的房子。这是多么孤单，寂寞，乏味的生活。

"没有意思！"我听见过去的我对今天的我这样说了。正像我在福建的时候，对四十年来第一次看见雪的老年的福建人所说的一样。

但是，另一个我出现了。他是足以对着过去的北京的我射出骄傲的眼光来的我。这个我，某年在南京下雪的时候，曾经有过更快活的生活：雪落得很厚，盖住了一切的田野和道路。我和我的爱人在一片荒野中走着。我们辨别不出路径来，也并没有终止的目的。我们只让我们的脚欢喜怎样就怎样。我们的脚常常欢喜踏在最深的沟里。我们未尝感到这是旷野，这是下雪的时节。我们仿佛是在花园里，路是平坦的，而且是柔软的。我们未尝觉得一点寒冷，因为我们的心是热的。

"没有意思！"我听见在南京的我对在北京的我这样说了。正像在北京的我对着今天的我所说的一样，也正像在福建的我对着四十年来第一次看见雪的老年的福建人所说的一样。

然而，我还有一个更可骄傲的我在呢。这个我，是有过更快乐的生活的，在故乡：冬天的早晨，当我从被窝里伸出头来，感觉到特别的寒冷，隔着蚊帐望见天窗特别地阴暗，我就首先知道外面下了雪了。"雪落啦白洋洋，老虎拖娘娘……"这是我躺在被窝里反复地唱着的欢迎雪的歌。别的早晨，照例是母亲和姊姊先起床，等她们煮熟了饭，拿了火炉来，代我烘暖了衣裤鞋袜，才肯钻出被窝，但是在下雪天，我就有了最大的勇气。我不需要火炉，雪就是我的火炉。我把它捻成了团，捧着，丢着。我把它堆成了一个和尚，在它的口里，插上一支香烟。我把它当作糖，放在口里。地上的厚的积雪，是我的地毯，我在它上面打着滚，翻着筋斗。它在我的底下发出嗤嗤的笑声，我在它上面哈哈地回答着。我的心是和它合一的。我和它一样地柔和，和它一样地洁白。我同它到处跳跃，我同它到处飞跑着。我站在屋外，我愿意它把我造成一个雪和尚。我躺在地上愿意它像母亲似的在我身上盖下柔软的美丽的被窝。我愿意随着它在空中飞舞。我愿意随着它落在人的肩上。我愿意雪就是我，我就是雪。我年轻。我有勇气。我有最宝贵的生命的力。我不知道忧虑，不知道苦恼和悲哀……

"没有意思！你这老年人！"我听见幼年的我对着过去的那些我这样说了。正如过去的那些我骄傲地对别个所说的一样。

不错，一切的雪天的生活和幼年的雪天的生活一比，过去的和现在的喜悦是像这钻进窗隙落到我桌上的雪花一样，渐渐融化，而且立刻消失了。

然而对着这时穿着一袭破单衣，站在屋角里发抖的或竟至于僵死在雪地上的穷人，则我的幼年时候快乐的雪天生活的意义，又如何呢？这个他对着这个我，不也在说着"没有意思！"的话吗？

而这个死有完肤的他，对着这时正在零度以下的长城下，捧着冻结了的机关枪，即将被炮弹打成雪片似的兵士，则其意义又将怎样呢？"没有意思！"这句话，该是谁说呢？

天呵，我不能再想了。人间的欢乐无平衡，人间的苦恼亦无边限。世界无终极之点，人类亦无末日之时。我既生为今日的我，为什么要追求或留恋今日的我以外的我呢？今日的我虽说是寂寞地孤单地看守着永没有人或电话来访问的房子，但既可以安逸地躲在房子里烤着火，避免风雪的寒冷；又可以隔着玻璃，诗人一般地静默地鉴赏着雪花飞舞的美的世界，不也是足以自满的我吗？

抓住现实。只有现实是最宝贵的。

眼前雪花飞舞着的世界，就是最现实的现实。

看呵！美丽的雪花在飞舞着呢。这就是我三年来相思着而不能见到的雪花。

> 万事都要全力以赴，
> 包括开心

巴黎的书摊 / 戴望舒

在滞留巴黎的时候，在羁旅之情中可以算作我的赏心乐事的有两件：一是看画，二是访书。在索居无聊的下午或傍晚，我总是出去，把我迟迟的时间消磨在各画廊中和河沿上的。关于前者，我想在另一篇短文中说及，这里，我只想来谈一谈访书的情趣。

其实，说是"访书"，还不如说在河沿上走走或在街头巷尾的各旧书铺进出而已。我没有要觅什么奇书孤本的蓄心，再说，现在已不是在两个铜元一本的木匣里翻出一本 Pâtissier Francois 的时候了。我之所以这样做，无非为了自己的癖好，就是摩挲观赏一回空手而返，私心也是很满足的，况且薄暮的塞纳河又是这样的窈窕多姿！

我寄寓的地方是 Rue del'Echaudé，走到塞纳河边的书摊，只须沿着塞纳路步行约莫三分钟就到了。但是我不大抄这近路，这样走的时候，塞纳路上的那些画廊总会把我的脚步牵

第二章
在庸常的世界里,发现细微的美好

住的,再说,我有一个从头看到尾的癖,我宁可兜远路顺着约可伯路,大学路一直走到巴克路,然后从巴克路走到王桥头。

塞纳河左岸的书摊,便是从那里开始的,从那里到加路塞尔桥,可以算是书摊的第一个地带,虽然位置在巴黎的贵族的第七区,却一点也找不出冠盖的气味来。在这一地带的书摊,大约可以分这几类:第一是卖廉价的新书的,大都是各书店出清的底货,价钱的确公道,只是要你会还价,例如旧书铺里要卖到五六百法郎的勒纳尔(J. Renard)的《日记》,在那里你只须花二百法郎光景就可以买到,而且是崭新的。我的加梭所译的赛尔房德思的《模范小说》,整批的《欧罗巴杂志丛书》,便都是从那儿买来的。这一类书在别处也有,只是没有这一带集中吧。其次是卖英文书的,这大概和附近的外交部或奥莱昂车站多少有点关系吧。可是这些英文书的买主却并不多,所以花两三个法郎从那些冷清清的摊子里把一本初版本的《万牲园里的一个人》带回寓所去,这种机会,也是常有的。第三是卖地道的古版书的,十七世纪的白羊皮面书,十八世纪饰花的皮脊书,等等,都小心地盛在玻璃的书框里,上了锁,不能任意地翻看,其他价值较次的古书,则杂乱地在木匣中堆积着,对着这一大堆你挨我挤着的古老的东西,真不知道如何下手。这种书摊前比较热闹一点,买书大多数是中年人或老人。这些书摊上的书,如果书摊主是知道值钱的,你便会被他敲了去,如果他不识货，你便占了便宜来。我曾经从那一带的一位很精明的书摊老板手里，花了五个法郎买到一本一七六五年初版本的 Du Laurens 的 *Imirce*，至今犹有得意之色：第一因为 *Imirce* 是一部禁书，其次这价钱实在太便宜也。第四类是卖淫书的，这种书摊在这一带上只有一两个，而所谓淫书者，实际也仅仅是表面的，骨子里并没有什么了不得，大都是现代人的东西，写来骗骗人的。记得靠近王桥的第一家书摊就是这一类的，老板娘是一个四五十岁的虔婆，当我有一回逗留了一下的时候，她就把我当作好主顾而怂恿我买，使我留下极坏的印象，以后就敬而远之了。其实那些地道的"珍秘"的书，如果你不愿出大价钱，还是要费力气角角落落去寻的，我曾在一家犹太人开的破货店里一大堆废书中，翻到过一本原文的 Cleland 的 *Fanny Hill*，只出了一个法郎买回来，真是意想不到的事。

从加路塞尔桥到新桥，可以算是书摊的第二个地带。在这一带，对面的美术学校和钱币局的影响是显著的。在这里，书摊老板是兼卖版画图片的，有时小小的书摊上挂得满目琳琅，原张的蚀雕，从书本上拆下的插图，戏院的招贴，花卉鸟兽人物的彩图，地图，风景片，大大小小各色俱全，反而把书列居次位了。在这些书摊上，我们是难得碰到什么值得一翻的书的，书都破旧不堪，满是灰尘，而且有一大部分是无用的教科书，展览会和画商拍卖的目录。此外，在这一带我们还可以发现两

第二章
在庸常的世界里，发现细微的美好

个专卖旧钱币纹章等而不卖书的摊子，夹在书摊中间，作一个很特别的点缀。这些卖画卖钱币的摊子，我总是望望然而去之的，（记得有一天一位法国朋友拉着我在这些钱币摊子前逗留了长久，他看得津津有味，我却委实十分难受，以后到河沿上走，总不愿和别人一道了。）然而在这一带却也有一两个很好的书摊子。一个摊子是一个老年人摆的，并不是他的书特别比别人丰富，却是他为人特别和气，和他交易，成功的回数居多。我有一本高克多（Cocteau）亲笔签字赠给诗人费尔囊·提华尔（Fernand Divoire）的 *Le Grand Ecart*，便是从他那儿以极廉的价钱买来的，而我在加里马尔书店买的高克多亲笔签名赠给诗人法尔格（Fargue）的初版本 *Opéra*，却使我花了七十法郎。但是我相信这是他错给我的，因为书是用蜡纸包封着，他没有拆开来看一看；看见那献辞的时候，他也许不会这样便宜卖给我。另一个摊子是一个青年人摆的，书的选择颇精，大都是现代作品的初版和善本，所以常常得到我的光顾。我只知道这青年人的名字叫昂德莱，因为他的同行们这样称呼他，人很圆滑，自言和各书店很熟，可以弄得到价廉物美的后门货，如果顾客指定要什么书，他都可以设法。可是我请他弄一部《纪德全集》，他始终没有给我办到。

可以划在第三地带的是从新桥经过圣米式尔场到小桥这一段。这一段是塞纳河左岸书摊中的最繁荣的一段。在这一带，书摊比较都整齐一点,而且方面也多一点,太太们家里没事想到这里来找几本小说消闲,也有;学生们贪便宜想到这里来买教科书参考书,也有;文艺爱好者到这里来寻几本新出版的书,也有;学者们要研究书,藏书家要善本书,猎奇者要珍秘书,都可以在这一带获得满意而回。在这一带,书价是要比他处高一些,然而总比到旧书铺里去买便宜。健吾兄觅了长久才在圣米式尔大场的一家旧书店中觅到了一部《龚果尔日记》,花了六百法郎喜欣欣地捧了回去,以为便宜万分,可是在不久之后我就在这一带的一个书摊上发现了同样的一部,而装订却考究得多,索价就只要二百五十法郎,使他悔之不及。可是这种事是可遇而不可求的,跑跑旧书摊的人第一不要抱什么一定的目的,第二要有闲暇有耐心,翻得有劲儿便多翻翻,翻倦了便看看街头熙来攘往的行人,看看旁边塞纳河静静的逝水,否则跑得腿酸汗流,眼花神倦,还是一场没结果回去。话又说远了,还是来说这一带的书摊吧。我说这一带的书较别带为贵,也不是胡说的,例如整套的 *Echanges* 杂志,在第一地带中买只须十五个法郎,这里却一定要二十个,少一个不卖;当时新出版原价是二十四法郎的 Céline 的 *Voyage au bout de la nuit*,在那里买也非十八法郎不可,竟只等于原价的七五折。这些情形有时会令人生气,可是为了要读,也不得不买回去。价格最高的是靠近圣米式尔场的那两个专卖教科书参考书的摊子。学

第二章
在庸常的世界里，发现细微的美好

生们为了要用，也不得不硬了头皮去买，总比买新书便宜点。我从来没有做过这些摊子的主顾，反之他们倒做过我的主顾。因为我用不着的参考书，在穷极无聊的时候总是拿去卖给他们的。这里，我要说一句公平话：他们所给的价钱的确比季倍尔书店高一点。这一带专卖近代善本书的摊子只有一个，在过了圣米式尔场不远快到小桥的地方。摊主是一个不大开口的中年人，价钱也不算顶贵，只是他一开口你就莫想还价，就是答应你还也是相差有限的。所以看着他陈列着的《泊鲁思特全集》，插图的《天方夜谭》全译本，Chirico 插图的阿保里奈尔的 *Calligrammes*，也只好眼红而已。在这一带，诗集似乎比别处多一些，名家的诗集花四五个法郎就可以买一册回去，至于较新一点的诗人的集子，你只要到一法郎或甚至五十生丁的木匣里去找就是了。我的那本仅印百册的 Jean Gris 插图的 Reverdy 的《沉睡的古琴集》，超现实主义诗人 Gui Rosey 的《三十年战争集》，等等，便都是从这些廉价的木匣子里翻出来的。还有，我忘记说了，这一带还有一两个专卖乐谱的书铺，只是对于此道我是门外汉，从来没有去领教过罢了。

从小桥到须里桥那一段，可以算是河沿书摊的第四地带，也就是最后的地带。从这里起，书摊便渐渐地趋于冷落了。在近小桥的一带，你还可以找到一点你所需要的东西，例如有一个摊子就有大批 N. R. F. 和 Grasset 出版的书，可是那位老板娘讨价却实在太狠，定价十五法郎的书总要讨你十二三个法郎，而且又往往要自以为在行，凡是她心目中的现代大作家，如摩里向克，摩洛阿，爱眉（Aymé）等，就要敲你一笔竹杠，一点也不肯让价；反之，像拉尔波，茹昂陀，拉第该，阿朗等优秀作家的作品，她倒肯廉价卖给你。从小桥一带再走过去，便每况愈下了。起先是虽然没有什么好书，但总还能维持河沿书摊的尊严的摊子，以后呢，卖破旧不堪的通俗小说杂志的也有了，卖陈旧的教科书和一无用处的废纸的也有了，快到须里桥那一带，竟连卖破铜烂铁，旧摆设，假古董的也有了；而那些摊子的主人呢，他们的样子和那在下面塞纳河岸上喝劣酒，钓鱼或睡午觉的街头巡阅使（Clochard），简直就没有什么大两样。到了这个时候，巴黎左岸书摊的气运已经尽了，你的腿也走乏了，你的眼睛也看倦了，如果你袋中尚有余钱，你便可以到圣日尔曼大街口的小咖啡店里去坐一会儿，喝一杯热热的浓浓的咖啡，然后把你沿路的收获打开来，预先摩挲一遍，否则如果你已倾了囊，那么你就走上须里桥去，倚着桥栏，俯看那满载着古愁并饱和着圣母祠的钟声的，塞纳河的悠悠的流水，然后在华灯初上之中，闲步缓缓归去，倒也是一个经济而又有诗情的办法。

说到这里，我所说的都是塞纳河左岸的书摊，至于右岸的呢，虽则有从新桥到沙德莱场，从沙德莱场到市政厅附近这两段，可是因为传统的关系，因为所处的地位的关系，也因为货色的关系，它们都没有左岸的重要。只在走完了左岸的书摊尚有余兴的时候或从卢佛尔（Louvre）出来的时候，我才顺便去走走，虽然间有所获，如查拉的 *L'homme approximatif* 或卢梭（Henri Rousseau）的画集，但这是极其偶然的事；通常，我不是空手而归，便是被那街上的鱼虫花鸟店所吸引了过去。所以，原意去"访书"而结果买了一头红颈雀回来，也是有过的事。

> 万事都要全力以赴，
> 包括开心

山中的历日 / 郑振铎

"山中无历日。"这是一句古话，然而我在山中却把历日记得很清楚。我向来不记日记，但在山上却有一本日记，每日都有二三行的东西写在上面。自七月二十三日，第一日在山上醒来时起，直到了最后的一日早晨，即八月二十一日，下山时止，无一日不记。恰恰地在山上三十日，不多也不少，预定的要做的工作，在这三十日之内，也差不多都已做完。

当我离开上海时，一个朋友问我："什么时候可以回来？"

"一个月。"我答道。真的，不多也不少，恰是一个月。有一天，一个朋友写信来问我道："你一天的生活如何呢？我们只见你一天一卷的原稿寄到上海来，没有一个人不惊诧而且佩服的。上海是那样的热呀，我们一行字也不能写呢。"

我正要把我的山上生活告诉他们呢。

在我的二十几年的生活中，没有像如今的守着有规则的生活，也没有像如今的那么努力地工作着的。

第二章
在庸常的世界里，发现细微的美好

第一晚，当我到了山时，已经不早了，滴翠轩一点灯火也没有。我问心南先生道："怎么黑漆漆的不点灯？"

"在山上，我们已成了习惯，天色一亮就起来，天色一黑就去睡，我起初也不惯，现在却惯了。到了那时，自然而然地会起来，自然而然地去睡。今夜，因为同家母谈话，睡得迟些，不然，这时早已入梦了。家中人，除了我们二人外，他们都早已熟睡了。"心南先生说。

我有些惊诧，却不大相信。更不相信在上海起迟眠迟的我，会服从了这个山中的习惯。

然而到了第二天绝早，心南先生却照常地起身。我这一夜是和他暂时一房同睡的，也不由得不起来，不由得不跟了他一同起身。"还早呢，还只有六点钟。"我看了表说。

"已经是太晚了。"他说。果然，廊前太阳光已经照得满墙满地了。

这是第一次，我倚了绿色的栏杆——后来改漆为红色的，却更有些诗意了——去看山景。没有奇石，也没有悬岩，全山都是碧绿色的竹林和红瓦黑瓦的洋房子。山形是太平衍了。然而向东望去，却可看见山下的原野。一座一座的小山，都在我们的足下，一畦一畦的绿田，也都在我们的足下。几缕的炊烟，由田间升起，在空中袅袅地飘着，我们知道那里是有几家农户了，虽然看不见他们。空中是停着几片的浮云。太阳照在上面，那云影倒映在山峰间，明显地可以看见。

"也还不坏呢，这山的景色。"我说。

"在起了云时，漫山的都是云，有的在楼前，有的在足下，有时浑不见对面的东西，有时，诸山只露出峰尖，如在海中的孤岛，这简直可称为云海，那才有趣呢。我到了山时，只见了两次这样的奇景。"心南先生说。

这一天真是忙碌，下山到了铁路饭店，去接梦旦先生他们上山来。下午，又东跑跑，西跑跑。太阳把山径晒得滚热的，它又张了大眼向下望着，头上是好像一把火的伞。只好在邻近竹径中走走就回来了。

在山上，雨是不预约就要落下来的，看它天气还好好的，一瞬间，却已乌云蔽了楼檐，沙沙的一阵大雨来了。不久，眼望着这块大乌云向东驶去，东边的山与田野却现出阴郁的样子，这里却又是太阳光满满地照着了。

"伞在山上倒是必要的；晴天可以挡太阳，下雨的时候可以挡雨。"我说。

这一阵雨过去后，天气是凉爽得多了，我便又独自由竹林间的一条小山径，寻路到瀑布去。山径还不湿滑，因为一则沿路都是枯落的竹叶躺着，二则泥土太干，雨又下得不久。山径不算不峻峭，却异常地好走。足踏在干竹叶上，柔柔的如履铺了棉花的地板，手攀着密集的竹竿，一竿一竿地递扶着，如扶着栏杆，任怎么峻峭的路，都不会有倾跌的危险。

莫干山有两个瀑布，一个是在这边山下，一个是碧坞。碧坞太远了，听说路也很险。走过去，要经过一条只有一尺多阔的栈道，一面是绝壁，一面是十余丈深的山溪，轿子是不能走过的，只好把轿子中途弃了，两个轿夫牵着游客的双手，一前一后地把他送过去。去年，有几个朋友到那里去游，却只有几个最勇敢的这样地走了过去，还有几个却终于与轿子一同停留在栈道的这边，不敢过去了。这边的山下瀑布，路途却较为好走，又没有碧坞那么远，所以我便渴于要先去看看——虽然他们都要休息一下，不大高兴走。

瀑布的气势是那么样的伟大，瀑布的景色是那么样的壮美：那么多的清泉，由高山石上，倾倒而下，水声如雷似的，水珠溅得远远的，只要闭眼一想象，便知它是如何的可迷人呀！我少时曾和数十个同学一同旅行到南雁荡山。那边的瀑布真不少，也真不小。老远的老远的，便看见一道道的白练布由山顶挂了下来，却总是没有走到。经过了柔湿的田道，经过了繁盛的村庄，爬上了几层的山，方才到了小龙湫。那时是初春，还穿着棉衣。长途的跋涉，使我们都气喘汗流。但到了瀑布之下，立在一块远隔丈余的石上时，细细的水珠却溅得你满脸满身都是，阴凉的，阴凉的，立刻使你一点儿的热感都没有了；虽穿了棉衣，还觉得冷呢。面前是万斛的清泉，不休地只向下倾注，那景色是无比的美好，那清而宏大的水声，也是无比的美好。这使我到如今还记念着，这使我格外地喜爱瀑布与有瀑布的山。十余年来，总在北京与上海两处徘徊着，不仅没有见什么大瀑布，便连山的影子也不大看得见。这一次之到莫干山，小半的原因，因为那山那有瀑布。

山径不大好走，时而石级，时而泥径，有时，且要在荒草中去寻路。亏得一路上溪声潺潺的。沿了这溪走，我想总不会走得错的。后来，终于是走到了。但那水声并不大，立近了，那水珠也不会飞溅到脸上身上来。高虽有二丈多高，阔却只有两个人身的阔。那么样萎靡的瀑布，真使我有些失望。然而这总算是瀑布，万山静悄悄的，连鸟声也没有，只有几张照相的色纸，落在地上，表示曾有人来过。在这瀑布下流连了一会，脱了衣服，洗了一个身，濯了一会足，便仍旧穿便衣，与它告别了。却并不怎么样的惜别。

刚从林径中上来，便看见他们正在门口，打算到外面走走。

"你去不去？"擘黄问我。

"到哪里去？"我问道。

"随便走走。"

我还有余力，便跟了他们同去。经过了游泳池，各个人喧笑地在那里洇水，大都是碧眼黄发的人，他们是最会享用这种公共场所的。池旁，列了许多座位，预备给看的人坐，看的人

第二章
在庸常的世界里，发现细微的美好

真也不少。沿着这条山径，到了新会堂，图书馆和幼稚园都在那里。一大群的人正从那里散出，也大都是碧眼黄发的人。沿着山边的一条路走去，便是球场了。球场的规模并不小，难得在山边会辟出这么大的一个地方。场边有许多石级凸出，预备给人坐，那边贴了不少布告，有一张说："如果山岩崩坏了，发生了什么意外之事，避暑会是不负责的。"我们看那山边，围了不少层的围墙。很坚固，很坚固，哪里会有什么崩坏的事。然而他们却要预防着。在快活地打着球的，也都是碧眼黄发的人。

梦旦先生他们坐在亭上看打球，我们却上了山脊。在这山脊上缓缓地走着，太阳已将西沉，把那无力的金光亲切地抚摩我们的脸。并不大的凉风，吹拂在我们的身上，有种说不出的舒适之感。我们在那里，望见了塔山。

心南先生说："那是塔山，有一个亭子的，算是莫干山最高的山了。"望过去很远，很远。

晚上，风很大。半夜醒来，只听见廊外呼呼地啸号着，仿佛整座楼房连基底都要为它所摇撼。

山中的风常是这样的。

这是在山中的第一天。第二天也没有做事。到了第三天，却清早地起来，六点钟时，便动手做工。八时吃早餐，看报，看来信，邮差正在那时来。九时再做，直到了十二时。下午，又开始写东西,直到了四时。那时,却要出门到山上走走了。却只在近处,并不到远处去。天未黑便吃了饭。随意闲谈着。到了八时,却各自进了房。有时还看看书,有时却即去睡了。一个月来,几乎天天是如此。

下午四时后,如不出去游山,便是最好的看书时间了。

山中的历日便是如此,我从来没有过着这样的有规则的生活过!

在安静中盛享人生的清凉 / 马德

无欲的生命是安静的。

我见过一匹马在槽枥之间的静立,也见过一头雄狮在草原上的静卧,甚至是一只鸟,从一根斜枝扑棱棱飞到另一根斜枝上,呈现出的,都是博大的安静。

一切外在的物质形式,如槽枥之间的草料,草原之上的猎物,斜枝之外的飞虫,在安静生命的眼中,像风中的浮云。一个安静的生命舍得丢下尘世间的一切,譬如荣誉,恩宠,权势,奢靡,繁华,他们因为舍得,所以淡泊,因为淡泊,所以安静,他们无意去抵制尘世的枯燥与贫乏,只是想静享内心中的蓬勃与丰富。

夏日的晚上,我曾经长久地观察过壁虎,这些小小的家伙,在捕食之前最好的隐匿,就是藏身于寂静里。墙壁是静的,昏暗的灯光是静的,扑向灯光的蛾子的飞翔是静的,壁虎蛰伏的身子也是静的,那是一幅优美素淡的夏夜图。只是壁虎四足上潜着的一点杀机，为整幅画添了一丝残忍，也添了一些心疼。也正因为这样，我没有看到过真正安静的壁虎。

安静的姿态是美的。蹲坐在云冈石窟里的慈祥的大佛，敦煌壁画里衣袂飘举的飞天，一棵虬枝盘旋的古树，两片拱土而出的新芽，庭院里晒太阳的老人，柴扉前倚门含羞的女子，这些姿态要么已看破红尘，要么正纯净无邪，恰是因为这些，它（他）们或平和，宁静，恬淡，宠辱不动；或纯真，灵动，洁净，不沾染一尘世俗，于是便呈现给这个世界最美的姿态。

真正的安静，来自于内心。一颗躁动的心，无论幽居于深山，还是隐没在古刹，都无法安静下来。正如一棵树，红尘中极细的风，物质世界极小的雨，都会引起一树枝柯的宕动、迷乱，不论这棵树是置身在庭院，还是独立于荒野。所以，你的心最好不是招摇的枝柯，而是静默的根系，深藏在地下，不为尘世的一切所蛊惑，只追求自身的简单和丰富。

有一天，我去拜会一位遭受了命运挫折的老人。他正端坐在沙发深处，没有看书，没有写书法，只是端坐在那里，甚至都看不到他做任何的思考。我和先生攀谈着，一些陈年往事逐渐勾起了老人的回忆。当他谈到差一点被造反派殴打致死这一段时，老人语速平缓从容，脸上平静得没有一丝的波澜。这种平静，不是来自于岁月的老练和世故，而是来自于命运磨难后的超然与豁达。下午的阳光斜照进来，地板上，四壁上，横竖都是窗框投射下的沉重的影子。空气中,一个安静生命的内核在浮沉中发出金属的脆响。

这不由使我想起小时候,一个有月亮的晚上,父亲坐在山梁上吹笛子。一川的溪水,在月光下荡着清幽的光,远山黑黢黢的,村庄黑黢黢的,父亲的笛声婉转,旷远,悠扬,那一晚,山是安静的,水是安静的,村庄是安静的。

我想说的是,只有在自然身上,我们才能得到最厚重最原始的安静。

万事都要全力以赴,
包括开心

我们的太平洋 /鲁彦

倘若我问你:"你喜欢西湖吗?"你一定回答说:"是的,我非常喜欢!"

但是,倘若我问你说:"你喜欢后湖吗?"你一定摇一摇头说:"哪里比得上西湖!"或者,你竟露着奇异的眼光,反问我说:"哪一个后湖呀?"

哦,我所说的是南京的后湖,它又叫作玄武湖。

倘若你以前到过南京,你一定知道这个又叫作玄武湖的后湖。倘若你近来住在南京或到过南京,你一定知道它又改了名字了。它现在叫作五洲公园了,是不是?

但是,说你喜欢,我不能够代你确定地答复,如其说你喜欢后湖比喜欢西湖更甚,那我简直想也不敢这样想了。自然,你一定更喜欢西湖的。

然而,我自己却和你相反。我更喜欢后湖。你要用西湖的山水名胜来和我所喜欢的后湖比较,你是徒然的。我是不注

第二章
在庸常的世界里,发现细微的美好

意这些。我可以给你满意的答复:"后湖并不像西湖那样的秀丽。"而且我还敢保证你说:"你更喜欢西湖,是完全对的。"但我这样的说法,可并不取消我自己的喜欢。我自己,还是更喜欢后湖的。

后湖的一边有一座紫金山,你一定知道。它很高。它没有生产什么树木。它只是一座裸秃的山,一座没有春夏的山。没有什么山洞。也没有什么蹊径。它这里的云雾没有像在西湖的那么神秘奇妙,不能引起你的甜美的幻梦。它能给你的常是寂寞与悲凉,浩歌与哀悼。但是,这样也就很好了,我觉得。它虽没有西湖的秀丽,它可有它的雄壮。

后湖的又一边有一座城墙,你也一定知道。这是西湖所没有的。在游人这一点上来比较,有点像西湖的苏堤。但是它没有妩媚的红桃绿柳的映衬。它是一座废堞残垣的古城。它不能给青年男女黄金一般的迷梦。你到了那里,就好像热情之神 Apollo 到了雅典的卫城上,发觉了潜伏在幸福背后的悲哀。我觉得,这样更好。她能使你味澈到人生的真谛。

但是我喜欢后湖,还不在这里。我对它的喜欢的开始,这不是在最近。那已是十年以前的事了。

十年以前,我曾在南京住了将近半年。如同我喜欢吃多量的醋——你可不要取笑我——拌干丝一样,我几乎是天天到后湖去的。我很少独自去的时候,常有很多的同伴。有时,一只船容不下，便分开在两只船里。

　　第一个使我喜欢后湖的原因，是在同伴。他们都和我一样年轻，活泼得有点类于疯狂的放荡。大家还不曾肩上生活的重担，只知道快乐。只有其中的一位广东朋友，常去拜访爱人被取笑"割草"的，和我已经负上了人的生活的担子的，比较有点忧郁，但是实际上还是非常的轻微，它像是浮云一样，最容易被微风吹开。这几个有着十足的天真的青年凑在一起，有说有笑，有叫有唱，常常到后湖去，于是后湖便被我喜欢了。

　　第二个原因，是在船。它是一种平常的朴素的小渔船，没有修饰，老老实实地破着，漏的漏着。船中偶然放着一二个乡人用的小竹椅或破板凳，我们须分坐在船头和船栏上。没有篷，使我们容易接受阳光或风雨，船里有了四支桨，一支篙。船夫并不拘束我们，不需要他时他可以留岸上。我是从小在故乡的河里，瞒着母亲弄惯了船的，我当然非常高兴拿着一支桨坐在船尾，替代了船夫。船既由我们自己弄，于是要纵要横，要搁浅要抛锚，要靠岸要随风飘荡，一切都可以随便了。这样，船既朴素得可爱，又玩得自由，后湖便更被我喜欢了。

　　第三个原因是湖中的茭儿菜与荷花。当它们最茂盛的时候，很多地方几乎只有一线狭窄的船路。船从中间驶了去，沙沙地挤动着两边的枝叶，闻到清鲜的香气，时时受到叶上的水滴的袭击。它们高高地遮住了我们的视线，迷住了我们的方向，柳

第二章
在庸常的世界里，发现细微的美好

暗花明地常常觉得前面是绝径了，又豁然开朗地展开一条路来。当它们枯萎到水面水下的时候，我们的船常常遇到搁浅，经过一番努力，又荡漾在无阻碍的所在。有时，四五个人合着力，故意往搁浅的所在驶了去，你撑篙，我扯草根，想探出一条路来。我们的精力正是最充足的时候，我们并不惋惜几小时的徒然的探险。这样，湖中有了芰儿菜与荷花，使我们趣味横生，我自然愈加喜欢后湖了。

第四，是后湖的水闸。靠了船，爬到城墙根，水闸的上面有一个可怕的阴暗的深洞。从另一条路走到水闸边，看见了迸发的瀑布。我们在这里大声唱了起来，宛如音乐家对着海的洪涛练习喉音一样。洁白的瀑布诱惑着我们脱鞋袜，走去受洗礼，随后还逼我们到湖中去洗浴游泳，倘若天气暖热的话。在这里，我们的精力完全随着喜欢消耗尽了。这又是我更喜欢后湖的一个原因。

第五，最后而又最大的使我喜欢后湖的原因了。那就是，我们的太平洋。太平洋，原来被我们发现在后湖里了。这是被我们中间的一个同伴，一个诗人兼哲学家的同伴所首先发现，所提议而加衔的。它的区域就在离开水闸不远起，到对面的洲的末尾的近处止。这里是一个最宽广的所在，也是湖水最深的所在。后湖里几乎到处都有芰儿菜与荷花或水草，只有这里是一年四季露着汪洋的一片的。这里的太阳显得特别强烈，风也显得特别大。显然地,这里的气候也俨然不同了。我们中间没有一个人反对这"太平洋"新名字。我们都的确觉得到了真正的太平洋了。梦呵!我们已经占据了半个地球了!我们已经很疲乏,我们现在要在太平洋里休息了。任你把我们飘到地球的哪一角去吧,太平洋上的风!我们丢了桨,躺在船上,仰望着空间的浮云,不复注意到时间的流动。我们把脚拖在太平洋里,听着默默的波声,呼吸着最清新的空气。我们暂时地静默了。我们已经和大自然融合在一起。还有什么比太平洋更可爱,更伟大呢?而我们是,每次每次在那里飘漾着,在那里梦想着未来,在那里观望着宇宙间的幻变,在那里倾听着地球的转动,在那里消磨它幸福的青春。我们完全占有了太平洋了……

够了,我不再说到洲上的樱桃,也不再说到翻船的朋友那些事,是怎样怎样的有趣,我只举出了上面的五点。你说西湖比后湖好。你可能说后湖所有的这几点,西湖也有?尤其是,我们的太平洋?

或者你要说,几十年以前,西湖的船,西湖的水草,西湖的水,都和我说的相仿佛,和我所喜欢的后湖一样朴素,一样自然。但是,我告诉你,我没有亲自看见过。当我离开南京后两年光景,当我看见西湖的时候,西湖已经是粉饰华丽得不像一个处女似的西子了。

"就是后湖,也已经大大地改变,不像你所说的十年前的可爱了。"你一定会这样地说的,是不是?

那是我承认的。几年前我已经看见它改变了许多了。

后湖的船已经变得十分的华丽,水闸已经不通,马路已经展开在洲上。它的名字也已经换作五洲公园了。

尤其是,我的同伴已经散失了:我们中间最有天才的画家已经睡在地下,诗人兼哲学家流落在极远的边疆,拖木屐的朋友在南海入了赘,"割草"的工人和在后湖里栽跟斗的莽汉等都已不晓得行踪和存亡了。我呢,在生活的重担下磨炼着,已经将要老了。倘若我的年青时代的同伴再能集合起来,我相信每个人的额上已经刻下了很深的创痕,而天真和快乐,也一定不复存在了。

然而,只要我活着,即使我们的太平洋填成了大陆,甚至整个的后湖变成了大陆,我还是喜欢后湖的。因为我活着的时候,我不会忘记我们的太平洋。

你说你更喜欢西湖。

我说我更喜欢后湖。

你喜欢你的西湖,我喜欢我的后湖就是。

你说西湖最好。

我说后湖最好。

你说你的,我说我的。

天下事,原来喜欢的都是好的,从没有好的都使人喜欢,你说是吗?

万事都要全力以赴，
包括开心

拜访 / 杨振声

拜访变为虚文时，人生又加上了一种无聊！

它也如许多礼节一样；时代的沉渣给近代洋装革履的人戴上一顶红缨帽。

在"民至老死不相往来"之后，当是舟车的方便增进了人世的往来，然"适百里者宿舂粮，适千里者三月聚粮"，到底远道相访，不是一件容易事情，唯其不容易，非是人情之所不能已或事实之所不得已，总不会老远跑到朋友家里，专只为说一句"今天天气好"。

事实之所不得已，无话可讲；若夫人情之所不能已者；或友好久别，思如饥渴；月白风清，扁舟相访；相悲问年，欢若平生，如是杀鸡为黍，作一日饮可也。"乘兴而来，兴尽而返"亦可也。或彼此闻名，神交已久，一旦心动，欲见其人，如是绿树村边，叩门相访，一见如故，莫逆于心可也。语不投机，拂袖而去可也。总之这种访问是有些意思的。

到了近代，工商业把城市变成了生活的中心，交通的方便又把人流交汇于几个大城市里，于是一个城居而交游不必甚广的人，亲戚故旧，萍水相逢，总有上百个。即便你每天拜访一个，风雨无阻，一年之中，平均每人你访不过四次，人家已经说你疏阔了。何况拜访不已，加以送往迎来；送迎之不足，加以饯别洗尘。其他吊死问疾，贺婚祝寿，一年也要有不少次。你看人，人要回拜；你请人，人要还席。请问一生有多少精力，多少时间，消耗在这些无聊的虚文上！

本有一些无聊的人，既已无聊矣，不妨专讲究这些，因为除了这些，他们会更无聊，他并不在乎老远跑到你家里，问你"今天没有出门罢？"他也并不在乎请一桌各不相识的客人，让你们乌眼相对，反正他认为他很有礼貌地来拜访过你，又很有礼貌地请过你吃饭，就坐在家里静候你去回拜，心里盘算着你几时可以还席。

对于这般人，我无话可讲，不过不懂的是：为什么我们把拜访人看成了礼节？不等人家请，不问人家方便不方便，也不管有事没事，随便闯到人家里搅扰一阵，耽误人家的正事不算，还要人家应酬上一堆无聊的话，这便是礼节！

我想认此为礼节的只有几种人：一种是贤人，人家去看他，他认为是访贤；一种是阔人，他要一大群无聊的人替他去摆阔；还有一种是闲人，要人替他去消闲；再有，就是一种莫名其妙的无聊之人，一生专以无聊事为聊。

我恳切地希望请那般无聊的人都到贤人阔人闲人家里去，让真能享受朋友的人，在读书做事之暇，一壶清茶，三五知己，相约于小院瓜棚之下，或并不考究而舒服的小客厅里，随便谈天。说随便一字不虚：先是你身体的随便放，任何姿态都可以。这里没有礼节，你想站着，绝没有人强迫你坐。再是你说话的随便，没有人强迫你说，也没有人阻止你说，你可以把心放在唇边上，让它自由宣泄其悲哀，愤懑与快乐，它是被禁锢得太闷了，这里是它唯一可以露面的地方，它最痛快的是用不着再说假话，而且它好久没说真话了！还有听话的随便，你不必听你不愿听的话，尤其用不到假装在听，因为这里都是孩子气的天真，你用不着装假，就是装也立刻被发觉。最后是来去的随便，来时没人招待你，去时也没人挽留你。反正你来不是为拜访谁，所以谁也不必对你讲客气。

让我们尊重旁人的家，尊重旁人的时间。我们没有权利随便闯进朋友的家里去拜访，自己且以为有礼！再让我们尊重别人的自由，尊重旁人的情感，我们没有权利希望朋友来看我，或是希望朋友来回拜。真正朋友的话，聚散自有友谊上的天然节奏。你想加上一点人工也未尝不可，打扫干净你瓜棚下的那一方土地，预备好你能够供献给你的朋友的一点乐趣，哪怕渺小到一句知心话，发几张小柬邀他们来，至于来不来是每一个人的兴趣与自由。如此还不失其为自然。凡不自然的皆是无聊。

第三章
饭菜朴素也要吃得丰盛

我常看到北方的劳苦人民,辛劳一天,
然后拿着一大块锅盔,
捧着一黑皮大碗的冻豆腐粉丝熬白菜,
稀里呼噜地吃,
我知道他自食其力,他很快乐。

万事都要全力以赴,
包括开心

豆腐 / 梁实秋

豆腐是我们中国食品中的瑰宝。豆腐之法,是否始于汉淮南王刘安,没有关系,反正我们已经吃了这么多年,至今仍然在吃。在海外留学的人,到唐人街杂碎馆打牙祭少不了要吃一盘烧豆腐,方才有家乡风味。有人在海外由于制豆腐而发了财,也有人研究豆腐而得到学位。

关于豆腐的事情,可以编写一部大书,现在只是谈谈几项我个人所喜欢的吃法。

凉拌豆腐,最简单不过。买块嫩豆腐,冲洗干净,加上一些葱花,撒些盐,加麻油,就很好吃。若是用红酱豆腐的汁浇上去,更好吃。至不济浇上一些酱油膏和麻油,也不错。我最喜欢的是香椿拌豆腐。香椿就是庄子所说的"以八千岁为春,以八千岁为秋"的椿。取其吉利,我家后院植有一棵不大不小的椿树,春发嫩芽,绿中微带红色,摘下来用沸水一烫,切成碎末,拌豆腐,有奇香。可是别误摘臭椿,臭椿就是樗,《本

第三章
饭菜朴素也要吃得丰盛

草》李时珍曰："其叶臭恶，歉年人或采食。"近来台湾也有香椿芽偶然在市上出现，虽非臭椿，但是嫌其太粗壮，香气不足。在北平，和香椿拌豆腐可以相提并论的是黄瓜拌豆腐，这黄瓜若是冬天温室里长出来的，在没有黄瓜的季节吃黄瓜拌豆腐，其乐也何如？比松花拌豆腐好吃得多。

"鸡刨豆腐"是普通家常菜，可是很有风味。一块老豆腐用铲子在炒锅热油里戳碎，戳得乱七八糟，略炒一下，倒下一个打碎了的鸡蛋，再炒，加大量葱花。养过鸡的人应该知道，一块豆腐被鸡刨了是什么样子。

锅塌豆腐又是一种味道，切豆腐成许多长方块，厚薄随意，裹以鸡蛋汁，再裹上一层芡粉，入油锅炸，炸到两面焦，取出。再下锅，浇上预先备好的调味汁，如酱油料酒等，如有虾子羼入更好。略烹片刻，即可供食。虽然仍是豆腐，然已别有滋味。台北天厨陈万策老板，自己吃长斋，然喜烹调，推出的锅塌豆腐就是北平作风。

沿街担贩有卖"老豆腐"者。担子一边是锅灶，煮着一锅豆腐，久煮成蜂窝状，另一边是碗匙佐料如酱油、醋、韭菜末、芝麻酱、辣椒油之类。这样的老豆腐，自己在家里也可以做。天厨的老豆腐，加上了鲍鱼火腿等，身份就不一样了。

担贩亦有吆喝"卤煮啊，炸豆腐！"者，他卖的是炸豆腐，三角形的，间或还有加上炸豆腐丸子的，煮得烂，加上些佐料如花椒之类，也别有风味。

一九二九年至一九三〇年之际，李璜先生宴客于上海四马路美丽川（应该是美丽川菜馆，大家都称之为美丽川），我记得在座的有徐悲鸿、蒋碧微等人，还有我不能忘的席中的一道"蚝油豆腐"。事隔五十余年，不知李幼老还记得否。蚝油豆腐用头号大盘，上面平铺着嫩豆腐，一片片的像瓦垄然，整齐端正，黄澄澄的稀溜溜的蚝油汁洒在上面，亮晶晶的。那时候四川菜在上海初露头角，我首次品尝，诧为异味，此后数十年间吃过无数次川菜，不曾再遇此一杰作。我揣想那一盘豆腐是摆好之后去蒸的，然后浇汁。

厚德福有一道名菜，尝过的人不多，因为非有特殊关系或情形他们不肯做，做起来太麻烦，这就是"罗汉豆腐"。豆腐捣成泥，加茨粉以增其黏性，然后捏豆腐泥成小饼状，实以肉馅，和捏汤团一般，下锅过油，再下锅红烧，辅以佐料。罗汉是断尽三界一切见思惑的圣者，焉肯吃外表豆腐而内含肉馅的丸子，称之为罗汉豆腐是有揶揄之意，而且也没有特殊的美味，和"佛跳墙"同是噱头而已。

冻豆腐是广受欢迎的，可下火锅，可做冻豆腐粉丝熬白菜（或酸菜）。有人说，玉泉山的冻豆腐最好吃，泉水好，其实也未必。凡是冻豆腐，味道都差不多。我常看到北方的劳苦人民，辛劳一天，然后拿着一大块锅盔，捧着一黑皮大碗的冻豆腐粉丝熬白菜，稀里呼噜地吃，我知道他自食其力，他很快乐。

第三章
饭菜朴素也要吃得丰盛

葵·薤 / 汪曾祺

小时读汉乐府《十五从军征》，非常感动。

十五从军征，八十始得归。道逢乡里人："家中有阿谁？"——"遥望是君家，松柏冢累累。"兔从狗窦入，雉从梁上飞，中庭生旅谷，井上生旅葵。舂谷持作饭，采葵持作羹，羹饭一时熟，不知贻阿谁。出门东向望，泪落沾我衣。

诗写得平淡而真实，没有一句迸出呼天抢地的激情，但是惨切沉痛，触目惊心。词句也明白如话，不事雕饰，真不像是两千多年前的人写出的作品，一个十来岁的孩子也完全能读懂。我未从过军，接触这首诗的时候，也还没有经过长久的乱离，但是不止一次为这首诗流了泪。

然而有一句我不明白，"采葵持作羹"。葵如何可以为羹呢？我的家乡人只知道向日葵，我们那里叫作"葵花"。这东西怎么能做羹呢？用它的叶子？向日葵的叶子我是很熟悉的，很大，叶面很粗，有毛，即使是把它切碎了，加了油盐，煮熟之后也还是很难下咽的。另外有一种秋葵，开淡黄色薄瓣的大花，叶如鸡脚，又名鸡爪葵。这东西也似不能做羹。还有一种蜀葵，又名锦葵，内蒙古、山西一带叫作"蜀蓟"。我们那里叫作端午花，因为在端午节前后盛开。我从来也没听说过端午花能吃——包括它的叶、茎和花。后来我在济南的山东博物馆的庭院里看到一种戎葵，样子有点像秋葵，开着耀眼的朱红的大花，红得简直吓人一跳。我想，这种葵大概也不能吃。那么，持以作羹的葵究竟是一种什么东西呢？

后来我读到吴其濬的《植物名实图考长编》和《植物名实图考》。吴其濬是个很值得叫人佩服的读书人。他是嘉庆进士，自翰林院修撰官至湖南等省巡抚。但他并没有只是做官，他留意各地物产丰瘠与民生的关系，依据耳闻目见，辑录古籍中有关植物的文献，写成了《长编》和《图考》这样两部巨著。他的著作是我国十九世纪植物学极重要的专著。直到现在，西方的植物学家还认为他绘的画十分精确。吴其濬在《图考》中把葵列为蔬类的第一品。他用很激动的语气，几乎是大声疾呼，说葵就是冬苋菜。

然而冬苋菜又是什么呢？我到了四川、江西、湖南等省，才见到。我有一回住在武昌的招待所里，几乎餐餐都有一碗绿色的叶菜做的汤。这种菜吃到嘴是滑的，有点像莼菜。但我知道这不是莼菜，因为我知道湖北不出莼菜，而且样子也不像。我问服务员："这是什么菜？"——"冬苋菜！"第二天我过到一个巷子，看到有一个年轻的妇女在井边洗菜。这种菜我没有见过。叶片圆如猪耳，颜色正绿，叶梗也是绿的。我走过去问她洗的这是什么菜——"冬苋菜！"我这才明白：这就是冬苋菜，这就是葵！那么，这种菜作羹正合适——即使是旅生的。从此，我才算把《十五从军征》真正读懂了。

吴其浚为什么那样激动呢？因为在他成书的时候，已经几乎没有人知道葵是什么了。

蔬菜的命运，也和世间一切事物一样，有其兴盛和衰微，提起来也可叫人生一点感慨。葵本来是中国的主要蔬菜。《诗·豳风·七月》："七月烹葵及菽，"可见其普遍。后魏《齐民要术》以《种葵》列为蔬菜第一篇。"采葵莫伤根""松下清斋折露葵"，时时见于篇咏。元代王祯的《农书》还称葵为"百菜之主"。不知怎么一来，它就变得不行了。明代的《本草纲目》中已经将它列入草类，压根儿不承认它是菜了！葵的遭遇真够惨的！到底是什么原因呢？我想是因为后来全国普遍种植了大白菜。大白菜取代了葵。齐白石题画中曾提出："牡丹为花之王，荔枝为果之王，独不论白菜为菜中之王，何也？"其实大白菜实际上已经成"菜之王"了。

幸亏南方几省还有冬苋菜，否则吴其浚就死无对证，好像葵已经绝了种似的。吴其浚是河南固始人，他的家乡大概早已经没有葵了，都种白菜了。他要是不到湖南当巡抚，大概也弄不清葵是啥。吴其浚那样激动，是为葵鸣不平。其意若曰：葵本是菜中之王，是很好的东西；它并没有绝种！它就是冬苋菜！您到南方来尝尝这种菜，就知道了！

　　北方似乎见不到葵了。不过近几年北京忽然卖起一种过去没见过的菜：木耳菜。你可以买一把来，做个汤，尝尝。葵就是那样的味道，滑的。木耳菜本名落葵，是葵之一种，只是葵叶为绿色，而木耳菜则带紫色，且叶较尖而小。

　　由葵我又想到薤。

　　我到内蒙古去调查抗日战争时期游击队的材料，准备写一个戏。看了好多份资料，都提到部队当时很苦，时常没有粮食吃，吃"荄荄"，下面多于括号中注明"（音害害）"。我想："荄荄"是什么东西？再说"荄"读 gai，也不读"害"呀！后来在草原上有人给我找了一棵实物，我一看，明白了：这是薤。薤音 xie。内蒙古、山西人每把声母为 X 的字读成 H 母，又好用叠字，所以把"薤"念成了"害害"。

　　薤叶极细。我捏着一棵薤，不禁想到汉代的挽歌《薤露》，"薤上露，何易晞，露晞明朝还复落，人死一去何时归？"不说葱上露、韭上露，是很有道理的。薤叶上实在挂不住多少露

第三章
饭菜朴素也要吃得丰盛

水,太易"晞"掉了。用此来比喻生命的短促,非常贴切。同时我又想到汉代的人一定是常常食薤的,故尔能就近取譬。

北方人现在极少食薤了。南方人还是常吃的。湖南、湖北、江西、云南、四川都有。这几省都把这东西的鳞茎叫作"藠头"。"藠"音"叫"。南方的年轻人现在也有很多不认识这个藠字的。我在韶山参观,看到说明材料中提到当时用的一种土造的手榴弹,叫作"洋藠古",一个讲解员就老实不客气地读成"洋晶古"。湖南等省人吃的藠头大都是腌制的,或入醋,味道酸甜;或加辣椒,则酸甜而极辣,皆极能开胃。

南方人很少知道藠头即是薤的。

北方城里人则连藠头也不认识。北京的食品商场偶尔从南方运了藠头来卖,趋之若鹜的都是南方几省的人。北京人则多用不信任的眼光端详半天,然后望望然后去之。我曾买了一些,请几位北方同志尝尝,他们闭着眼睛嚼了一口,皱着眉头说:"不好吃!——这哪有糖蒜好哇!"我本想长篇大论地宣传一下藠头的妙处,只好咽回去了。

哀哉,人之成见之难于动摇也!

我写这篇随笔,用意是很清楚的。

第一,我希望年轻人多积累一点生活知识。古人说诗的作用:可以观,可以群,可以怨,还可以多识于草木虫鱼之名。这最后一点似乎和前面几点不能相提并论,其实这是很重要的。

草木虫鱼，多是与人的生活密切相关。对于草木虫鱼有兴趣，说明对人也有广泛的兴趣。

第二，我劝大家口味不要太窄，什么都要尝尝，不管是古代的还是异地的食物，比如葵和薤，都吃一点。一个一年到头吃大白菜的人是没有口福的。许多大家都已经习以为常的蔬菜，比如菠菜和莴笋，其实原来都是外国菜。西红柿、洋葱，几十年前中国还没有，很多人吃不惯，现在不是也都很爱吃了么？许多东西，乍一吃，吃不惯，吃吃，就吃出味儿来了。

你当然知道，我这里说的，都是与文艺创作有点关系的问题。

第三章
饭菜朴素也要吃得丰盛

萝卜与白薯 / 周作人

中国人吃的菜蔬的种类,在世界上大概可以算是最多的了。历史长固然是一个原因,但古人所吃的有许多东西,如蘋藻薇蕨,现今小菜场上都已不见,而古无今有的另外添进去了不少,大抵重要的原因还是在于中国的调烹法的特殊,各式的植物茎叶他都可以煮了放在碗里,用筷子夹了吃,这用在西洋料理上往往是没办法办的。

这些菜蔬中间,我觉得顶有意思的是萝卜与白薯。这两样东西都是大块头,不但是吃起来便利,而且也实在有用场。明人王象晋称萝卜可生可熟,可菹可齑,可酱可豉,可醋可糖,可腊,乃蔬之最有益者。徐玄扈说甘薯有十二胜,话太长了,简约起来可以说是易种,多收,味甘,生熟可食,可干藏,可酿酒。具体地说,我最爱的和尚吃的那种大块萝卜炖豆腐,其次是乡间戏台下的萝卜丝饼以及南京腌萝卜鲞,至于白薯自然煮的烤的都好,但是我记得那玉米面糊里加红番薯,那是台州

> 万事都要全力以赴,
> 包括开心

老百姓通年吃了借以活命的东西,小时候跟了台州的女用人吃过多少回,觉得至今不能忘却。

希望将来人人可以吃到猪排牛排和白面包,自然是很好,我们要去努力,可是在这时候能吃苦也极重要。我想假使天天能够吃饱玉米面和白薯,加上萝卜齑几片,已经很可满足,而一天里所要做的事只是看看书,把思想搞通点,写篇小文章,反省一下,觉得真如东坡在临皋亭所说,惭愧惭愧。

烙饼 / 梁实秋

饼而曰烙,可知不是煎、不是炸、不是烤,更不是蒸。烙饼的锅曰铛,在这里音撑,差亨切,阴平声。铛是平底锅,通常无足无耳无柄,大小不一定。铛是铁打的,相当的厚重,不容易烧热,可是烧热了也不容易凉,最适宜于烙饼。洋式的带柄的平底锅,也可以用来烙饼,而且小巧灵便,但是铝合金制的锅究竟传热太快冷却也太快,控制温度麻烦,不及我们的铛。

烙饼需要和面。和面不简单。没有触摸过白案子,初次和面,大概会弄得一塌糊涂,无有是处。烙饼需用热水和面,不是滚开的沸水,沸水和面就变成烫面了。用热水和面是取其和出来软。和好了面不能立刻烙,要容它"醒"一段时间。这段时间可长可短,看情形而定。

如果做家常饼,手续最简单。家常饼是薄薄的,里面的层次也不须太多,表面上更不须刷油,烙出来白磁糊裂的,只要相当软和就成。在北平懒婆娘自己不动手,可以到胡同口外蒸锅铺油盐店之类的地方去定制，论斤卖。一斤面大概可以烙不大不小的四张。北方人贫苦，如果有两张家常饼，配上一盘摊鸡蛋（鸡蛋要摊成直径和饼一样大的两片），把蛋放在饼上，卷起来，竖立之，双手扶着，张开大嘴，左一口，右一口，中间再一口，那简直是无与伦比的一顿丰盛大餐。

孩子想吃甜食，最方便莫如到蒸锅铺去烙几张糖饼，黑糖和芝麻酱要另外算钱，事前要讲明几个铜板的黑糖，几个铜板的芝麻酱。烙饼里夹杂着黑糖和芝麻酱，趁热吃，那份香无法形容。我长大之后，自己在家中烙糖饼，乃加倍地放糖，加倍地放芝麻酱，来弥补幼时之未能十分满足的欲望。

葱油饼到处都有，但是真够标准的还是要求之于家庭主妇。北方善烹饪的家庭主妇，做法细腻，和一般餐馆之粗制滥造不同。一般餐馆所制，多患油腻。在山东，许多处的葱油饼是油炸的，焦黄的样子很好看，吃上一块两块就消受不了。在此处颇有在饼里羼味精的，简直是不可思议。标准的葱油饼要层多，葱多，而油不太多。可以用脂油丁，但是要少放。要层多，则擀面要薄，多卷两次再加葱。葱花要细，要九分白一分绿。撒盐要匀。锅里油要少，锅要热而火要小。烙好之后，两手拿饼直起来在案板上戳打几下，这个小动作很重要，可以把饼的层次戳松。葱油饼太好吃，不需要菜。

清油饼实际上不是饼。是细面条盘起来成为一堆，轻轻压按使成饼形，然后下锅连煎带烙，成为焦黄的一坨。外面的脆硬，里面的还是软的。山东馆子最善此道。我认为最理想的吃法，是每人一个清油饼，然后一碗烩虾仁或烩两鸡丝，分浇在饼上。

万事都要全力以赴，
包括开心

爆炒米花 / 丰子恺

　　楼窗外面"砰"的一响，好像放炮，又好像轮胎爆裂。推窗一望，原来是"爆炒米花"。

　　这东西我小时候似乎不曾见过，不知是什么时候开始有的。这个名称我也不敢确定，因为那人的叫声中音乐的成分太多，字眼听不清楚。问问别人，都说"爆炒米花吧"。然而爆而又炒，语法欠佳，恐非正确。但这姑且不论，总之，这是用高热度把米粒放大的一种工作。这工作的工具是一个有柄的铁球，一只炭炉，一只风箱，一只麻袋和一张小凳。爆炒米花者把人家托他爆的米放进铁球里，密封起来，把铁球架在炭炉上；然后坐在小凳上了，右手扯风箱，左手握住铁球的柄，把它摇动，使铁球在炭炉上不绝地旋转，旋到相当的时候，他把铁球从炭炉上卸下，放进麻袋里，然后启封，——这时候发出"砰"的一响，同时米粒从铁球中迸出，落在麻袋里，颗颗同黄豆一般大了！爆炒米花者就拿起麻袋来，把这些米花倒在请托者拿来的篮子里，然后向他收取若干报酬。请托者大都笑嘻嘻地看看篮子里黄豆一般大的米花，带着孩子，拿着篮子回去了。这原是孩子们的闲食，是一种又滋养、又卫生、又经济的闲食。

我家的劳动大姐主张不用米粒，而用年糕来托他爆。把水磨年糕切成小拇指大的片子放在太阳里晒干，然后拿去托他爆。爆出来的真好看：小拇指大的年糕片，都变得同十支香烟簏子一般大了！爆的时候加入些糖，吃起来略带甜味，不但孩子们爱吃，大人们也都喜欢，因为它质地很松，容易消化，多吃些也不会伤胃。"空隆空隆"地嚼了好久，而实际上吃下去的不过小拇指大的一片年糕。

我吃的时候曾经作如是想：倘使不爆，要人吃小拇指大的几片硬年糕，恐怕不见得大家都要吃。因为硬年糕虽然营养丰富，但是质地太致密，不容易嚼碎，不容易消化。只有胃健的人，消化力强大的人，例如每餐"斗米十肉"的古代人，才能吃硬年糕；普通人大都是没有这胃口的吧。而同是这硬年糕，一经爆过，一经放松，普通人就也能吃，并且爱吃，即使是胃弱的人也消化得了。这一爆的作用就在于此。

想到这里，恍然若有所感。似乎觉得这东西象征着另一种东西。我回想起了三十年前，我初作《缘缘堂随笔》时的一件事。

《缘缘堂随笔》结集成册，在开明书店出版了。那时候我已经辞去教师和编辑之职，从上海迁回故乡石门湾，住在老屋后面的平屋里。我故乡有一位前辈先生，姓杨名梦江，是我父亲的好友，我两三岁的时候，父亲教我认他为义父，我们就变成了亲戚。我迁回故乡的时候，我父亲早已故世，但我常常同这位义父往来。他是前清秀才，诗书满腹。有一次，我把新出版的《缘缘堂随笔》送他一册，请他指教。过了几天他来看我，谈到了这册随笔，我敬求批评。他对那时正在提倡的白话文向来抱反对态度，我料他的批评一定是否定的。果然，他起初就局部略微称赞几句，后来的结论说："不过，这种文章，教我们做起来，每篇只要二十八个字——一首七绝；或者二十个字——一首五绝。"

我初听到这话，未能信受。继而一想，觉得大有道理！古人作文，的确言简意繁，辞约义丰，不像我们的白话文那么啰里啰唆。回想古人的七绝和五绝，的确每首都可以作为一篇随笔的题材。例如最周知的唐诗："去年今日此门中，人面桃花相映红。人面不知何处去，桃花依旧笑春风。""少小离家老大回，乡音无改鬓毛衰。儿童相见不相识，笑问客从何处来。"这两个题材，倘使教我来表达，我得写每篇两三千字的两篇抒情随笔。"昨日入城市，归来泪满巾；遍身罗绮者，不是养蚕人。""长安买花者，一枝值万钱；道旁有饥人，一钱不肯捐。"这两个题材，倘教我来表达，我也许要写成——倘使我会写的话——两篇讽喻短篇小说呢！于是我佩服这位老前辈的话，表示衷心地接受批评。

三十年前这位老前辈对我说的话，我一直保存在心中，不料今天同窗外的"爆炒米花"相结合了，我想：原来我的随笔都好比是爆过、放松过的年糕！

万事都要全力以赴，
包括开心

风飘果市香 / 张恨水

"已凉天气未寒时"，这句话用在江南于今都嫌过早，只有北平的中秋天气，乃是恰合。我于北平中秋的赏识，有些出人意外，乃是根据"老妈妈大会""奶奶经"而来，喜欢夜逛"果子市"。逛果子市的兴趣，第一就是"已凉天气未寒时"。第二是找诗意。第三是"起哄"。第四是"踏月"。直到第五，才是买水果。你愿意让我报告一下吗？

果子市并不专指哪个地方，东单（东单牌楼之简称，下仿此）、西单、东四、西四。东四的隆福寺，西四的白塔寺，北城的新街口，南城的菜市口，临时会有果子市出现。早在阴历十三的那天晚半晌儿，果子摊儿就在这些地方出现了。吃过晚饭，孩子们就嚷着要逛果子市。这事交给他们姥姥或妈妈吧。我们还有三个斗方名士（其实很少写斗方），或穿哔叽西服，或穿薄呢长袍，在微微的西风敲打院子里树叶声中，走出了大门。胡同里的人家白粉墙上涂上了月光，先觉得身心上有一番

第三章
饭菜朴素也要吃得丰盛

轻松意味，顺步遛到最近一个果子市，远远地就嗅到一片清芬（仿佛用清香两字都不妥似的）。到了附近，小贩将长短竹竿儿，挑出两三个不带罩子的电灯泡儿，高高低低，好像在街店屋檐外，挂了许多水晶球，一片雪亮。在这电光下面，青中透白的鸭儿梨，堆山似的，放在摊案上。红戞戞枣儿，紫的玫瑰葡萄，淡青的牛乳葡萄，用箩筐盛满了，沿街放着。苹果是比较珍贵一点儿的水果，像擦了胭脂的胖娃娃脸蛋子，堆成各种样式，放在蓝布面的桌案上。石榴熟得笑破了口，露出带醉的水晶牙齿，也成堆放在那里。其余是虎拉车（大花红）、山里红（山楂）、海棠果儿，左一簸箕，右一筐子。一堆接着一堆，摆了半里多路。老太太、少奶奶、小姐、孩子们，成群地绕了这些水果摊子，人挤有点儿，但并不嘈杂，因为根本这是轻松的市场。大半边月亮在头上照着，不大的风吹动了女人的鬓发。大家在这环境里斯斯文文地挑水果，小贩子冲着人直乐，很客气地说："这梨又脆又甜，你不称上点儿？"我疑心在君子国。

　　哪里来的这一阵浓香，我想。呵！上风头，有个花摊子，电灯下一根横索，成串地挂了紫碧葡萄还带了绿叶儿，下面一只水桶，放了成捆的晚香玉和玉簪花，也有些五色马蹄莲。另一只桶，漂上两片嫩荷叶，放着成捆的嫩香莲和红白莲花，最可爱的是一条条的藕，又白又肥，色调配得那样好看。

　　十点钟了，提了几个大鲜荷叶包儿回去。胡同里月已当顶，土地上像铺了水银。人家院墙里伸出来的树头,留下一丛丛的轻影,面上有点凉飕飕,但身上并不冷。胡同里很少行人,自己听到自己的脚步响,吁吁呜呜,不知是哪里送来几句洞箫声。我心里有一首诗,但我捉不住她,她仿佛在半空中。

吃菜 / 周作人

偶然看书讲到民间邪教的地方，总常有吃菜事魔等字样。吃菜大约就是素食，事魔是什么事呢？总是服侍什么魔王之类吧，我们知道希腊诸神到了基督教世界多转变为魔，那么魔有些原来也是有身份的，并不一定怎么邪曲，不过随便地事也本可不必，虽然光是吃菜未始不可以，而且说起来我也还有点赞成。本来草的茎叶根实只要无毒都可以吃，又因为有维他命某，不但充饥还可养生，这是普通人所熟知的，至于专门地或有宗旨地吃，那便有点儿不同，仿佛是一种主义，现在我所想要说的就是这种吃菜主义。

吃菜主义似乎可以分作两类。第一类是道德的。这派的人并不是不吃肉，只是多吃菜，其原因大约是由于崇尚素朴清淡的生活。孔子云："饭疏食，饮水，曲肱而枕之，乐亦在其中矣。"可以说是这派的祖师。《南齐书·周颙传》云，"颙清贫寡欲，终日长蔬食。文惠太子问颙菜食何味最胜，颙曰，春初早韭，秋末晚菘。"黄山谷题画菜云，"不可使士大夫不知此味，不可使天下之民有此色。"——当作文章来看实在不很高明，大有帖括的意味，但如算作这派提倡咬菜根的标语却是颇得要领的。李笠翁在《闲情偶寄》卷五说：

声音之道，丝不如竹，竹不如肉，为其渐近自然，吾谓饮食之道，脍不如肉，肉不如蔬，亦以其渐近自然也。草衣木食，上古之风，人能疏远肥腻，食蔬蕨而甘之，腹中菜园不使羊来踏破，是犹作羲皇之民，鼓唐虞之腹，与崇尚古玩同一致也。所怪于世者，弃美名不居，而故异端其说，谓佛法如是，是则谬矣。吾辑《饮馔》一卷，后肉食而首蔬菜，一以崇俭，一以复古，至重宰割而惜生命，又其念兹在兹而不忍或忘者矣。

笠翁照例有他的妙语，这里也是如此，说得很是清脆，虽然照文化史上讲来吃肉该在吃菜之先，不过笠翁不及知道，而且他又哪里会来斤斤地考究这些事情呢。

吃菜主义之二是宗教的，普通多是根据佛法，即笠翁所谓异端其说者也。我觉得这两类显有不同之点，其一吃菜只是吃菜，其二吃菜乃是不食肉，笠翁上文说得蛮好，而下面所说念兹在兹的却又混到这边来，不免与佛法发生纠葛了。小乘律有杀戒而不戒食肉，盖杀生而食已在戒中，唯自死鸟残等肉仍在不禁之列，至大乘律始明定食肉戒，如《梵网经》菩萨戒中所举，其辞曰："若佛子故食肉——一切众生肉不得食：夫食肉者断大慈悲佛性种子，一切众生见而舍去。是故一切菩萨不得食一切众生肉，食肉得无量罪，——若故食者，犯轻垢罪。"贤首疏云："轻垢者，简前重戒，是以名轻，简异无犯，故亦名垢。又释，渎汗清净行名垢，礼非重过称轻。"因为这里没有把杀生算在内，所以算是轻戒，但话虽如此，据《目莲问罪报经》所说，犯突吉罗众学戒罪，如四天王寿，五百岁堕泥犁中，于人间数九百千岁，此堕等活地狱，人间五十年为一昼夜，可见还是不得了也。

我读《旧约·利未记》，再看大小乘律，觉得其中所说的话要合理得多，而上边食肉戒的措辞我尤为喜欢，实在明智通达，古今莫及。《入楞伽经》所论虽然详细，但仍多为粗恶凡人说法，道世在《诸经要集》中酒肉部所述亦复如是，不要说别人了。后来讲戒杀的大抵偏重因果一端，写得较好的还是莲池的《放生文》和周安士的《万善先资》，文字还有可取，其次《好生救劫编》《卫生集》等，自邰以下更可以不论，里边的意思总都是人吃了虾米再变虾米去还吃这一套，虽然也好玩，难免是幼稚了。我以为菜食是为了不食肉，不食肉是为了不杀生，这是对的，再说为什么不杀生，那么这个解释我想还是说不欲断大慈悲佛性种子最为得体，别的总说得支离。众生有一人不得度的时候自己决不先得度,这固然是大乘菩萨的弘愿,但凡夫到了中年,往往会看轻自己的生命而尊重人家的,并不是怎么奇特的现象。难道肉体渐近老衰,精神也就与宗教接近么?未必然,这种态度有的从宗教出,有的也会从唯物论出的。或者有人疑心唯物论者一定是主张强食弱肉的,却不知道也可以成为大慈悲宗,好像是《安士全书》信者,所不同的他是本于理性,没有人吃虾米那些律例而已。

据我看来,吃菜亦复佳,但也以中庸为妙,赤米白盐绿葵紫蓼之外,偶然也不妨少进三净肉,如要讲净素已不容易,再要彻底便有碰壁的危险。《南齐书·孝义传》纪江泌事,说他"食菜不食心,以其有生意也",觉得这件事很有风趣,但是离彻底总还远呢。英国柏忒勒(Samuel Butler)所著《有何无之乡游记》(*Erewhon*)中第二十六七章叙述一件很妙的故事,前章题曰《动物权》,说古代有哲人主张动物的生存权,人民实行菜食,当初许可吃牛乳鸡蛋,后来觉得挤牛乳有损于小牛,鸡蛋也是一条可能的生命,所以都禁了,但陈鸡蛋还勉强可以使用,只要经过检查,证明确已陈年臭坏了,贴上一张"三个月以前所生"的查票,就可发卖。次章题曰《植物权》,已是六七百年过后的事了,那时又出了一个哲学家,他用实验证明植物也同动物一样地有生命,所以也不能吃,据他的意思,人可以吃的只有那些自死的植物,例如落在地上将要腐烂的果子，或在深秋变黄了的菜叶。他说只有这些同样的废物人们可以吃了于心无愧。"即使如此，吃的人还应该把所吃的苹果或梨的核，杏核，樱桃核及其他，都种在土里，不然他就将犯了堕胎之罪。至于五谷，据他说那是全然不成，因为每颗谷都有一个灵魂像人一样，他也自有其同样的要求安全之权利。"结果是大家不能不承认他的理论，但是又苦于难以实行，逼得没法了便索性开了荤，仍旧吃起猪排牛排来了。这是讽刺小说的话，我们不必认真，然而天下事却也有偶然暗合的，如《文殊师利问经》云：

若为己杀，不得啖。若肉林中已自腐烂，欲食得食。若欲啖肉者，当说此咒：如是，无我无我，无寿命无寿命，失失，烧烧，破破，有为，除杀去。此咒三说，乃得啖肉，饭亦不食。何以故？若思惟饭不应食，何况当啖肉。

这个吃肉林中腐肉的办法岂不与陈鸡蛋很相像，那么吃烂果子黄菜叶也并不一定是无理，实在也只是比不食菜心更彻底一点罢了。

> 万事都要全力以赴,
> 包括开心

核桃酪 / 梁实秋

玉华台的一道甜汤核桃酪也是非常叫好的。

有一年,先君带我们一家人到玉华台午饭。满满的一桌,祖孙三代。所有的拿手菜都吃过了,最后是一大钵核桃酪,色香味俱佳,大家叫绝。先慈说:"好是好,但是一天要卖出多少钵,需大量生产,所以只能做到这个样子,改天我在家里试用小锅制作,给你们尝尝。"我们听了大为雀跃。回到家里就天天缠着她做。

我母亲做核桃酪,是根据她为我祖母做杏仁茶的经验揣摩着做的。我祖母的早点,除了燕窝、哈什玛、莲子等之外,有时候也要喝杏仁茶。街上卖的杏仁茶不够标准,要我母亲亲自做。虽是只做一碗,材料和手续都不能缺少,久之也就做得熟练了。核桃酪和杏仁茶性质差不多。

核桃来自羌胡,故又名胡桃,是张骞时传到中土的,北方盛产。取现成的核桃仁一大捧,用沸水泡。司马光幼时请人用沸水泡，以便易于脱去上面的一层皮，而谎告其姊说是自己剥的，这段故事是大家所熟悉的。开水泡过之后要大家帮忙剥皮的，虽然麻烦，数量不多，顷刻而就。在馆子里据说是用硬毛刷去刷的！核桃要捣碎，越碎越好。

取红枣一大捧，也要用水泡，泡到涨大的地步，然后煮，去皮，这是最烦人的一道手续。枣树在黄河两岸无处不有，而以河南灵宝所产为最佳，枣大而甜。北平买到的红枣也相当肥大，不似台湾这里中药店所卖的红枣那样瘦小。可是剥皮取枣泥还是不简单。我们用的是最简单的笨法，用小刀刮，刮出来的枣泥绝对不带碎皮。

白米小半碗，用水泡上一天一夜，然后捞出来放在捣蒜用的那种较大的缸钵里，用一根捣蒜用的棒槌（当然都要洗干净使不带蒜味，没有捣过蒜的当然更好），尽力地捣，要把米捣得很碎，随捣随加水。碎米渣滓连同汁水倒在一块纱布里，用力拧，拧出来的浓米浆留在碗里待用。

煮核桃酪的器皿最好是小薄铫。"铫"读如"吊"。正字通："今釜之小而有柄有流者亦曰铫。"铫是泥沙烧成的，质料像砂锅似的，很原始，很粗陋，黑黝黝的，但是非常灵巧而有用，煮点东西不失原味，远较铜锅铁锅为优，可惜近已淘汰了。

把米浆、核桃屑、枣泥和在一起在小薄铫里煮，要守在一旁看着，防溢出。很快地就煮出了一铫子核桃酪。放进一点糖，不要太多。分盛在三四个小碗（莲子碗）里，每人所得不多，但是看那颜色，微呈紫色，枣香、核桃香扑鼻，喝到嘴里黏糊糊的、甜滋滋的，真舍不得一下子咽到喉咙里去。

第三章
饭菜朴素也要吃得丰盛

槐阴呓语 / 张恨水
——沱茶好

"听罢笙歌樵唱好,看完花卉稻芒香",世上真有这样的情理。何以知这?请证之于我的品茶。

我之喝茶,那是出了名的。而我喝茶,又是明清小品式的,喜欢冲淡。这只有六安瓜片,杭州明前,洞庭碧螺,最为合适。在四川九年,这可苦了我。四川是喝沱茶的,味重,色浓,对付不了。我对于吃平价米,戴起老花眼镜挑谷子,毫无难色,只有找不着淡茶,颇是窘相毕露。后来茶叶公司有湖北的淡茶输入,倒是对龙井之类,有"状似淞江之鲈"的好处。但四川茶,也并非全不合我口味。我还记得清楚,五三大轰炸这夜,在胡子昂兄家里晚饭,那一杯自制沱茶,色香味均佳,我至今每喝不忘。又逛灌口的时候,在二王庙买了两斤山上清茶,喝了一个月的舒服茶。"当时经过浑无赖,事后相思尽可怜。"我不知怎么着,有一点"怀古之幽情"了。在北平买不到好茶叶喝,你将认为是个笑话。然而我以北平土话答复你,"现在吗！"前晚我亲自跑了几家茶叶店，请对付点好龙井，说什么也不行。要就是柜上卖的。回家之后，肝气上升。我几乎学了范增的撞碎玉斗。但我不像苏东坡说的"归而谋诸妇"。可是她竟仿了那话"家有斗酒，为君藏之久矣"。她把曹仲英兄早送的一块沱茶，给我熬了一壶。喝过之后，连声说过瘾。仲英兄休怪，这并不是比之于樵唱稻芒，或是"渴者易为饮"。原因是我喜欢明清小品的，而变了觉得两汉赋体的"大块文章"也很好了。

"一粟中见大千世界"，而我感到我们是一种什么的生活反映。

第三章
饭菜朴素也要吃得丰盛

谈酒 / 周作人

　　这个年头儿，喝酒倒是很有意思的。我虽是京兆人，却生长在东南的海边，是出产酒的有名地方。我的舅父和姑父家里时常做几缸自用的酒，但我终于不知道酒是怎么做法，只觉得所用的大约是糯米，因为儿歌里说，"老酒糯米做，吃得变nionio"——末一字是本地叫猪的俗语。做酒的方法与器具似乎都很简单，只有煮的时候的手法极不容易，非有经验的工人不办，平常做酒的人家大抵聘请一个人来，俗称"酒头工"，以自己不能喝酒者为最上，叫他专管鉴定煮酒的时节。有一个远房亲戚，我们叫他"七斤公公"——他是我舅父的族叔，但是在他家里做短工，所以舅母只叫他作"七斤老"，有时也听见她叫"老七斤"，是这样的酒头工，每年去帮人家做酒；他喜吸旱烟，说玩话，打麻将，但是不大喝酒（海边的人喝一两碗是不算能喝，照市价计算也不值十文钱的酒），所以生意很好，时常跑一二百里路被招到诸暨嵊县去。据他说这实在并不难，只须走到缸边屈着身听，听见里边起泡的声音切切察察的，好像是螃蟹吐沫（儿童称为蟹煮饭）的样子，便拿来煮就得了；早一点酒还未成，迟一点就变酸了。但是怎么是恰好的时期，别人仍不能知道，只有听熟的耳朵才能够断定，正如古董家的眼睛辨别古物一样。

大人家饮酒多用酒盅，以表示其斯文，实在是不对的。正当的喝法是用一种酒碗，浅而大，底有高足，可以说是古已有之的香槟杯。平常起码总是两碗，合一"串筒"，价值似是六文一碗。串筒略如倒写的凸字，上下部如一与三之比，以洋铁为之，无盖无嘴，可倒而不可筛，据好酒家说酒以倒为正宗，筛出来的不大好吃。唯酒保好于量酒之前先"荡"（置水于器内，摇荡而洗涤之谓）串筒，荡后往往将清水之一部分留在筒内，客嫌酒淡，常起争执，故喝酒老手必先戒堂倌以勿荡串筒，并监视其量好放在温酒架上。能饮者多索竹叶青，通称曰"本色"，"元红"系状元红之略，则着色者，唯外行人喜饮之。在外省有所谓花雕者，唯本地酒店中却没有这样东西。相传昔时人家生女，则酿酒贮花雕（一种有花纹的酒坛）中，至女儿出嫁时用以饷客，但此风今已不存，嫁女时偶用花雕，也只临时买元红充数，饮者不以为珍品。有些喝酒的人预备家酿，却有极好的，每年做醇酒若干坛，按次第埋园中，二十年后掘取，即每岁皆得饮二十年陈的老酒了。此种陈酒例不发售，故无处可买，我只有一回在旧日业师家里喝过这样好酒，至今还不曾忘记。

我既是酒乡的一个土著，又这样的喜欢谈酒，好像一定是个与"三酉"结不解缘的酒徒了。其实却大不然。我的父亲是很能喝酒的，我不知道他可以喝多少，只记得他每晚用花生米水果等下酒，且喝且谈天，至少要花费两点钟，恐怕所喝的酒一定很不少了。但我却是不肖，不，或者可以说有志未逮，因为我很喜欢喝酒而不会喝，所以每逢酒宴我总是第一个醉与脸红的。自从辛酉患病后，医生叫我喝酒以代药饵，定量是白兰地每回二十格阑姆，蒲桃酒与老酒等倍之，六年以后酒量一点没有进步，到现在只要喝下一百格阑姆的花雕，便立刻变成关夫子了。（以前大家笑谈称作"赤化"，此刻自然应当谨慎，虽然是说笑话。）有些有不醉之量的，愈饮愈是脸白的朋友，我觉得非常可以欣羡，只可惜他们愈能喝酒便愈不肯喝酒，好像是美人之不肯显示她的颜色，这实在是太不应该了。

黄酒比较的便宜一点，所以觉得时常可以买喝，其实别的酒也未尝不好。白干于我未免过凶一点，我喝了常怕口腔内要起泡，山西的汾酒与北京的莲花白虽然可喝少许，也总觉得不很和善。日本的清酒我颇喜欢，只是仿佛新酒模样，味道不很静定。蒲桃酒与橙皮酒都很可口，但我以为最好的还是白兰地。我觉得西洋人不很能够了解茶的趣味，至于酒则很有功夫，绝不下于中国。天天喝洋酒当然是一个大的漏卮，正如吸烟卷一般，但不必一定进国货党，咬定牙根要抽净丝，随便喝一点什么酒其实都是无所不可的，至少是我个人这样地想。

喝酒的趣味在什么地方？这个我恐怕有点说不明白。有人说，酒的乐趣是在醉后的陶然的境界。但我不很了解这个境界是怎样的，因为我自饮酒以来似乎不大陶然过，不知怎的我的醉大抵都只是生理的，而不是精神的陶醉。所以照我说来，酒的趣味只是在饮的时候，我想悦乐大抵在做的这一刹那，倘若说是陶然，那也当是杯在口的一刻吧。醉了，困倦了，或者应当休息一会儿，也是很安舒的，却未必能说酒的真趣是在此间。昏迷，梦魇，呓语，或是忘却现世忧患之一法门；其实这也是有限的，倒还不如把宇宙性命都投在一口美酒里的耽溺之力还要强大。我喝着酒，一面也怀着"杞天之虑"，生恐强硬的礼教反动之后将引起颓废的风气，结果是借醇酒妇人以避礼教的迫害，沙宁（Sanin）时代的出现不是不可能的。但是，或者在中国什么运动都未必彻底成功，青年的反拨力也未必怎么强盛，那么杞天终于只是杞天，仍旧能够让我们喝一口非耽溺的酒也未可知。倘若如此，那时喝酒又一定另外觉得很有意思了吧？

第四章
人生是一场爱自己的旅行

像我这样劳碌的生命,
居然能够抽出空闲的时间来听秋蝉最后的哀调,
看枫叶鲜艳的色彩,
领略丹桂清绝的残香——
灵魂绝对的解放,
这真是万千之喜。

万事都要全力以赴,
包括开心

时光 / 冯骥才

一岁将尽,便进入一种此间特有的情氛中。平日里奔波忙碌,只觉得时间的紧迫,很难感受到"时光"的存在。时间属于现实,时光属于人生。然而到了年终时分,时光的感觉乍然出现。它短促、有限、性急,你在后边追它,却始终抓不到它飘举的衣袂。它飞也似的向着年的终点扎去。等到你真的将它超越,年已经过去,那一大片时光便留在过往不复的岁月里了。

今晚突然停电,摸黑点起蜡烛。烛光如同光明的花苞,宁静地浮在漆黑的空间里;室内无风,这光之花苞便分外优雅与美丽;些许的光散布开来,朦胧依稀地勾勒出周边的事物。没有电就没有音乐相伴,但我有比音乐更好的伴侣——思考。

可是对于生活最具悟性的,不是思想者,而是普通大众。比如大众俗语中,把临近年终这几天称作"年根儿",多么真切和形象!它叫我们顿时发觉,一棵本来是绿意盈盈的岁月之树,已被我们消耗殆尽,只剩下一点点根底。时光竟然这样的

第四章
人生是一场爱自己的旅行

紧迫、拮据与深浓……

一下子,一年里经历过的种种事物的影像全都重叠地堆在眼前。不管这些事情怎样庞杂与艰辛,无奈与突兀。我更想从中找到自己的足痕。从春天落英缤纷的京都退藏到冬日小雨空濛的德尔菲遗址;从重庆荒芜的红卫兵墓到津南那条神奇的蛤蜊堤;从一个会场到另一个会场,一个活动到另一个活动中;究竟哪一些足迹至今清晰犹在,哪一些足迹杂沓模糊甚至早被时光干干净净一抹而去?

我瞪着眼前的重重黑影,使劲看去。就在烛光散布的尽头,忽然看到一双眼睛正直对着我。目光冷峻锐利,逼视而来。这原是我放在那里的一尊木雕的北宋天王像。然而此刻他的目光却变得分外有力。它何以穿过夜的浓雾,穿过漫长的八百年,锐不可当、拷问似的直视着任何敢于朝他瞧上一眼的人?显然,是由于八百年前那位不知名的民间雕工传神的本领、非凡的才气;他还把一种阳刚正气和直逼邪恶的精神注入其中。如今那位无名雕工早已了无踪影,然而他那令人震撼的生命精神却保存下来。

在这里,时光不是分毫不曾消逝么?

植物死了,把它的生命留在种子里;诗人离去,把他的生命留在诗句里。

时光对于人,其实就是生命的过程。当生命走到终点,不一定消失得没有痕迹,有时它还会转化为另一种形态存在或再生。母与子的生命的转换,不就在延续着整个人类吗?再造生命,才是最伟大的生命奇迹。而此中,艺术家们应是最幸福的一种。唯有他们能用自己的生命去再造一个新的生命。小说家再造的是代代相传的人物;作曲家再造的是他们那个可以听到的迷人而永在的灵魂。

此刻,我的眸子闪闪发亮,视野开阔,房间里的一切艺术珍品都一点点地呈现。它们不是被烛光照亮,而是被我陡然觉醒的心智召唤出来的。

其实我最清晰和最深刻的足迹,应是书桌下边,水泥的地面上那两个被自己的双足磨成的浅坑。我的时光只有被安顿在这里,它才不会消失,而被我转化成一个个独异又鲜活的生命,以及一行行永不褪色的文字。然而我一年里把多少时光抛入尘嚣,或是支付给种种一闪即逝的虚幻的社会场景。甚至有时属于自己的时光反成了别人的恩赐。

检阅一下自己创造的人物吧,掂量他们的寿命有多长。艺术家的生命是用他艺术的生命计量的。每个艺术家都有可能达到永恒,放弃掉的只能是自己。是不是?

迎面那宋代天王瞪着我,等我回答。

我无言以对,尴尬到了自感狼狈。

忽然,电来了,灯光大亮,事物通明,恍如更换天地。刚才那片幽阔深远的思想世界顿时不在，唯有烛火空自燃烧，显得多余。再看那宋代的天王像，在灯光里仿佛换了一个神气，不再那样咄咄逼人了。

我也不用回答他，因为我已经回答自己了。

万事都要全力以赴，
包括开心

说自我 /朱湘

抓着这支笔的手——自然是右手了。虽说不比吃饭，那是一定得要用口的，左手也可以写得字，不过，习惯教我从小起就用右手来写字了，并且话还是一样地说得。沸腾在这脑中的思想——也并不像爱伦·坡那样说的，文章先已经都打成了腹稿，接着才去把它抄录下来；只是一时间忽然意识到，这是一篇文章了，便提起笔来写下去，并不曾预计到内容将要是怎样的，只是凭赖了这一念之萌，就把这篇文章的将来交付进了它的手里。这只手与这一片思想，它们便是现在的自我。

记得也在许多的时候，曾经为了后来的运用而贮藏过一些材料在这个头颅里，不过，就了自觉的一方面说来，那些材料都还不曾使用过……至少，是并不曾像当时所想象的那样去使用过。我也可以预料到，将来自己再看这篇文章的时候，这创作过程中所感觉到的这一点心头的美味，仍然会复活起来；并且，有时候，还会发生一点惊讶与自喜。

第四章
人生是一场爱自己的旅行

这一个孱弱、矛盾的自我,客观地看来,它是多么渺小,短促,无价值;不过,主观地看来,它却便是一个永恒只一个宝贝,一个纳有须弥的芥子了。

它简直就是一个国家。

在它的国度之内,有主人,有仆人;也有战争,和解。

如其这颗心并不是我自己的,我真不知道要怎样地去妒忌它:因为,这个国度之内的乐趣都是"江汉朝宗"于它了。脑筋里思想,因了思想而获得的快乐,它是被心去享受了,肚子的命运似乎好一点,因为,在饥饿着的时候,它偶尔也能够感觉到一种暂时的乐趣——这种乐趣,与出游了好久以后回家来吞冷茶的那时候所感到的乐趣,恰好是一样。

《新生》的第一篇十四行里说,诗人看见自己的心被剜去了,这或者便是它的报应。

它实在是过于自私了。不说这整个的躯体都是无昼无夜地在供给它以甜美的螯刺,便是在这个躯体与其他的躯体,抽象的或是具体的,发生接触之时,乐趣也还不都全是它的。有的自我,在毁坏、苦痛其他的自我之中,寻求到快乐,也有的在创造、愉悦其他的自我之中;客观地说来,自然是后一种好,不过,主观地说来,两种的目标便只是一个。

自我的心便是国家的银行。

科学,哲学,等于脑;宗教,艺术,等于心。

万事都要全力以赴，
包括开心

"儿时" / 瞿秋白

狂胪文献耗中年，亦是今生后起缘；
猛忆儿时心力异，一灯红接混茫前。

——定盦诗

　　生命没有寄托的人，青年时代和"儿时"对他格外宝贵。这种罗曼蒂克的回忆其实并不是发现了"儿时"的真正了不得，而是感觉到"中年"以后的衰退。本来，生命只有一次，对于谁都是宝贵的。但是，假使他的生命溶化在大众的里面，假使他天天在为这世界干些什么，那么，他总在生长，虽然衰老病死仍旧是逃避不了，然而他的事业——大众的事业是不死的，他会领略到"永久的青年"。而"浮生如梦"的人，从这世界里拿去的很多，而给这世界的却很少——他总有一天会觉得疲乏的死亡：他连拿都没有力量了。衰老和无能的悲哀，像铅一样地沉重，压在他的心头。青春是多么短呵！

第四章
人生是一场爱自己的旅行

"儿时"的可爱是无知。那时候,件件都是"知",你每天可以做大科学家和大哲学家,每天在发现什么新的现象,新的真理。现在呢?"什么"都已经知道了,熟悉了,每一个人的脸都已经看厌了。宇宙和社会是那么陈旧,无味,虽则它们其实比"儿时"新鲜得多了。我于是想念"儿时",祷告"儿时"。

不能够前进的时候,就愿意退后几步,替自己恢复已经走过的前途。请求"无知"回来,给我求知的快乐。可怕呵,这生命的"停止"。

过去的始终过去了,未来的还是未来。究竟感慨些什么——我问自己。

> 万事都要全力以赴,
> 包括开心

从旅到旅 / 缪崇群

倘使说人生好像也有一条过程似的:坠地呱呱的哭声作为一个初的起点,弥留的哀绝的呻吟是最终的止境,那么这中间——从生到死,不管它是一截或是一段,接踵着,赓连着,也仿佛是一条铁链,圈套着圈,圈套着圈……不以尺度来量计,或不是尺度能够量计的时候,是不是说链子长的圈多,短的链子圈少呢?

动,静,动,静……连成了一条人生的过程,多多少少次的动和静,讴歌人生灿烂的有了,诅咒人生重荷的也有了。在这条过程上,于是过着哭的,笑的,和哭笑不得的。然而在所谓过程里:过即是在动,静也是在过,一段一截地接踵着,赓连着,分不清动静的界限,人生了,人死了,无数无量数的……

从生到死,不正可以说是从旅到旅么?

铁一般的重量,负在旅人的肩上;铁一般的寒气,沁着旅人的心。铁的镣铐锁住了旅人的手和足,听到了那叮当的铁之音，怕旅人的灵魂也会激烈地被震撼了吧？

想到了为旅人的人和我，禁不住地常常前瞻后顾了，可是这条路上布满了风沙和烟尘，朦胧，暗淡，往往伤害了自己的眼睛。我知道瞻顾都是徒然的，我不再踌躇，不再迷惘了；低着头，我将如瓦尔加河上的船夫们，以那种沉着有力的唷喝的声调，来谱唱我从旅到旅的曲子。

万事都要全力以赴,
包括开心

被批评 / 杨振声

"举世而誉之而不加劝,举世而非之而不加阻"那是至人。常人之情,总不免为批评所动。不但为批评所动,且从批评之中认识自己。又不但从批评之中认识自己,还从批评之后,勉励自己。

婴儿学步,居然晃晃荡荡迈上两脚,"妈妈……看!"妈妈若不看或看了不加称赞,他便扑在地上打滚,嘤嘤啜泣。自此以后,他便入了批评的羁缰,受着批评的鞭策了,偏又不觉其为羁缰、为鞭策。他说话要听旁人的反响,他做事要看旁人的反应。他从旁人的话中,认识自己的话;从旁人的行为中,认识自己的行为。又从认识自己的话与行为之总和中,找到了他自己。换言之,他所以能认识他自己,是以旁人做个镜子。不过他自少至老,所照的并不只是一面镜子:幼时在家庭,父母是他的镜子;少时在学校,先生是他的镜子;长时入社会,朋友又是他的镜子。他的镜子可以放大到一乡一国,到世界,到往古，到来今，他的镜子随着他的人格放大而放大。然而，他总是有一面镜子。"藏之名山，传之其人"。也还有其理想中之"其人"是他的镜子。

批评既为他人对于同一事或物之另一种看法，则批评总是"他山之石，可以攻玉"的。然而常人之情，对于是我者则易于接受，对于非我者则易于拒绝。夫接受其是我者而拒绝其非我者，批评对于我便无益而有损——"满招损"也。有的人虚荣心既很大，自身批评的能力又很小。做一件事，说一句话，满心满意希望人家批评他——其实他希望的是称赞。无奈其话其事又恰恰与其希望相反，到处求批评、到处碰钉子之后，他便养成一种虚矫的自封。凡事又怕人批评，一遇批评就面红耳赤地辩护。辩护不胜，又从而躲避批评，凡有批评，一概不理。最后他且养成一种自暴自弃的自是心。他明知他未必是，却偏要自己说是。人家并未批评他，他先就自己辩护。碰到这种人，你一句招惹不得，批评反是害了他也。

能容纳旁人不同的意见是雅量，能使旁人尽言的是风度，至于取人之长补己之短那简直是超脱，超脱才真能接受批评。固执自己的意见是不超脱，拘泥于旁人的批评也是不超脱。把自己的事一定看作不比旁人的事是不超脱。把旁人的话，一定看作不如自己的话也是不超脱。就事论事，总有合不合，不管是自己的事或是旁人的事；就话论话，总有对不对，也不管是自己的话或是旁人的话。事有以不合为合，合为不合；话有以不对为对，对为不对者，并不是事与话的本身容易混淆，使之混淆的是感情。感情起于爱护自己：爱护自己的话，便不能静气听旁人的话；爱护自己的事，便不能平心论旁人的事。我爱护我的事与话，旁人又何尝不爱护他的事与话？感情引起感情，分量增加分量。事的合不合，话的对不对，全不是那么一回事。感情吞噬了是非，湮没了批评。如是而真的批评，遂不为人间所有。

本来事不必为己，既为人，则人家应该有批评；话说给旁人听，旁人也应该有个爱听不爱听。若拿自己看旁人之事，听旁人之话的态度来看自己之事，听自己之话，必可原谅旁人看自己之事，听自己之话的态度了；若拿自己看自己之事、听自己之话的态度，去看旁人之事、听旁人之话，也必能原谅旁人之事与旁人之话了。自己的事与话，过后想起来，好笑的正多。是今日的自己可以非笑昨日的自己；明日的自己又可以非笑今日的自己。这全在其间的一点距离。假使我们能把自己的事与话，与自己中间隔上一点距离，这便是超脱，这便是接受批评的一种态度。

科学的人生观 / 胡适

今天讲的题目，就是"科学的人生观"，研究人是什么东西、在宇宙中占据什么地位、人生究竟有何意味。因为少年人近来觉得很烦闷，自杀、颓废的都有，我比较至少多吃了几斤盐、几担米，所以来计划计划，研究自身人的问题。至于人生观，各人不同，都随环境而改变，不可以一个人的人生观去统理一切；因为公有公理，婆有婆理，我们至少要以科学的立场，去研究它，解决它。"科学的人生观"有两个意思：第一拿科学做人生观的基础；第二拿科学的态度、精神、方法，做我们生活的态度，生活的方法。

现在先讲第一点，就是人生是什么。人生是啥物事？拿科学的研究结果来讲，我在民国十二年发表了十条，这十条就是武昌有一个主教，称为新的"十诫"，说我是中华基督教的危险物的。十条内容如下：

一、要知道空间的大。拿天文、物理考察，得着宇宙之大；从前孙行者翻筋斗，一翻翻到南天门，一翻翻到下界，天的观念，何等的小？现在从地球到银河中间的最近的一个星，中间距离，照孙行者一秒钟翻十万八千里的速率计算，恐怕翻一万万年也翻不到。宇宙是何等的大？地球是宇宙间的沧海之一粟，九牛之一毛；我们人类，更是小，真是不成东西的东西！以前看得人的地位太重了，以为是万物之灵，同大地并行，凡是政治不良，就有彗星、地震的征象，这是错的。从前王充很能见得到，说："一个虱子不能改变那裤子里的空气，和那人类不能改变皇天一样。"所以我们眼光要大。

二、时间是无穷的长。从地质学、生物学的研究，晓得时间是无穷的长。以前开口五千年，闭口五千年，以为目空一切；不料世界太阳系的存在，有几万万年的历史，地球也有几万万年，生物至少有几千万年，人类也有二三百万年，所以五千年占很小的地位。明白了时间之长，就可以看见各种进步的演变，不是上帝一刻可以造成的。

三、宇宙间自然的行动。根据了一切科学，知道宇宙、万物都有一定不变的自然行动。"自然自己，也是如此"，就是自己自然如此，各物自己如此的行动，并没有一种背后的指示，或是一个主宰去规范他们。明白了这点，对于月食是月亮被天狗所吞的种种迷信，可以打破了。

四、物竞天择的原理。从生物学的智识，可以看到物竞天择的原理，鲫鱼下卵有几百万个，但是变鱼的只有几个，否则就要变成"鱼世界"了！大的吃小的，小的又吃更小的，人类都是如此。从此晓得人生不受安排，是自己如此的行动，否则要安排起来，为什么不安排一个完善的世界呢？

五、人是什么东西。从社会学、生理学、心理学方面去看，人是什么东西？吴稚晖先生说："人是两手一个大脑的动物，与其他的不同，只在程度上的区别罢了。"人类的手，与鸡的爪、鸭的掌差不多，实是它们的弟兄辈。

六、人类是演进的。根据了人种学来看，人类是演进的；因为要应付环境，所以要慢慢地变；不变不能生存，要灭亡了。所以从下等的动物，慢慢演进到高等的动物，现在还是演进。

七、心理受因果律的支配。根据了心理学、生物学来讲，心理现状是有因果律的。思想、做梦，都受因果律的支配，是心理、生理的现象，和头痛一般；所以人的心理说是超过一切，是不对的。

八、道德、礼教的变迁。照生理学、社会学来讲，人类道德、礼教也是变迁的。以前以为脚小是美观，但是现在脚小要装大了。所以道德、礼教的观念，正在改进。以二十年、二百年或二千年以前的标准，来判断二十年、二百年、二千年后的状况，是格格不相入的。

九、各物都有反应。照物理、化学来讲，物质是活的，原子分为电子，是动的。石头倘然加了化学品，就有反应，像人打了一记，就有反应一样。不同的，只在程度不同罢了。

十、人的不朽。根据一切科学智识，人是要死的，物质上的腐败，和猫死狗死一般。但是个人不朽的工作，是功德：在立德、立功、立言。善恶都是不朽。一块痰中，有微生物，这菌能散布到空间，使空气都恶化了；人的言语，也是一样。凡是功业、思想，都能传之无穷；匹夫匹妇，都有其不朽的存在。

我们要看破人世间、时间之伟大、历史的无穷，人是最小的动物，处处都在演进，要去掉那小我的主张，但是那小小的人类，居然现在对于制度、政治各种都有进步。

以前都是拿科学去答复一切，现在要用什么方法去解决人生，就是哪样生活？各人有各人的方法，但是，至少要有那科学的方法、精神、态度去做。分四点来讲：

一、怀疑。第一点是怀疑。三个弗相信的态度，人生问题就很多。有了怀疑的态度，就不会上当。以前我们幼时的智识，都从阿金、阿狗、阿毛等黄包车夫、娘姨处学来；但是现在自己要反省，问问以前的智识是否靠得住？有此态度，对于什么主义都不致盲从了。

二、事实。我们要实事求是，现在像贴贴标语，什么打倒田中义一等，都仅务虚名，像豆腐店里生意不好，看看"对我生财"泄闷一样。又像是以前的画符，一画符病就好的思想。

第四章　人生是一场爱自己的旅行

贴了打倒帝国主义，帝国主义就真个打倒了么？这不对，我们应做切实的工作，奋力地做去。

三、证据。怀疑以后，相信总要相信，但是相信的条件，就是拿凭据来。有了这一句，论理学诸书，都可以不读。赫胥黎的儿子死了以后，宗教家去劝他信教，但是他很坚决地说："拿有上帝的证据来！"有了这种态度，就不会上当。

四、真理。朝夕地去求真理，不一定要成功，因为真理无穷，宇宙无穷；我们去寻求，是尽一点责任，希望在总分上，加上万万分之一。胜固是可喜，败也不足忧。明知赛跑，只有一个人第一，我们还要跑去，不是为我为私，是为大家。发明不是为发财，是为人类。英国有一个医生，发明了一种治肺的药。但是因为自秘，就被医学会开除了。

所以科学家是为求真理。庄子虽有"吾生也有涯，而知也无涯，以有涯逐无涯，殆已"的话头，但是我们还要向上做去，得一分就是一分，一寸就是一寸，可以有亚基米特氏发现浮力时叫 Eureka 的快活。有了这种精神，做人就不会失望。所以人生的意味，全靠你自己的工作；你要它圆就圆，方就方，是有意味；因为真理无穷，趣味无穷，进步快活也无穷尽。

> 万事都要全力以赴，
> 包括开心

秋光中的西湖 / 庐隐

我像是负重的骆驼般，终日不知所谓地向前奔走着。突然心血来潮，觉得这种不能喘气的生涯，不容再继续了，因此便决定到西湖去，略事休息。

在匆忙中上了沪杭甬的火车，同行的有朱、王二女士和建，我们相对默然地坐着。不久车身蠕蠕而动了，我不禁叹了一口气道："居然离开了上海。"

"这有什么奇怪，想去便去了！"建似乎不以我多感慨的态度为然。

查票的人来了，建从洋服的小袋里掏出了四张来回票，同时还带出一张小纸头来，我捡起来，看见上面写着："到杭州：第一大吃而特吃，大玩而特玩……"真滑稽，这种大计划也值得大书而特书，我这样说着递给朱、王二女士看，她们也不禁哈哈大笑了。

来到嘉兴时，天已大黑。我们肚子都有些饿了，但火车上

第四章
人生是一场爱自己的旅行

的大菜既贵又不好吃,我便提议吃茶叶蛋,便想叫茶房去买,他好像觉得我们太吝啬,坐二等车至少应当吃一碗火腿炒饭,所以他冷笑道:"要到三等车里才买得到。"说着他便一溜烟跑了。

"这家伙真可恶!"建愤怒地说着,最后他只得自己跑到三等车去买了来。吃茶叶蛋我是拿手,一口气吃了四个半,还觉得肚子里空无所有,不过当我伸手拿第五个蛋时,被建一把夺了去,一面埋怨道:"你这个人真不懂事,吃那么许多,等些时又要闹胃痛了。"

这一来只好咽一口唾沫算了。王女士却向我笑道:"看你个子很瘦小,吃起东西来倒很凶!"其实我只能吃茶叶蛋,别的东西倒不可一概而论呢!——我很想这样辩护,但一转念,到底觉得无谓,所以也只有淡淡地一笑,算是我默认了。

车子进杭州城站时,已经十一点半了,街上的店铺多半都关了门,几盏暗淡的电灯,放出微弱的黄光,但从火车上下来的人,却吵成一片,挤成一堆,此外还有那些客栈的招揽生意的茶房,把我们围得水泄不通,不知花了多少力气,才打出重围叫了黄包车到湖滨去。

车子走过那石砌的马路时,一些熟悉的记忆浮上我的观念里来。一年前我同建曾在这幽秀的湖山中做过寓公,转眼之间早又是一年多了,人事只管不停地变化,而湖山呢,依然如故,清澈的湖波，和笼雾的峰峦似笑我奔波无谓吧！

我们本决意住清泰第二旅馆，但是到那里一问，已经没有房间了，只好到湖滨旅馆去。

深夜时我独自凭着望湖的碧栏，看夜幕沉沉中的西湖。天上堆叠着不少的雨云，星点像怕羞的女郎，踯躅于流云间，其光隐约可辨。十二点敲过许久了，我才回到房里睡下。

晨光从白色的窗幔中射进来，我连忙叫醒建，同时我披了大衣开了房门。一阵沁肌透骨的秋风，从桐叶梢头穿过，飒飒的响声中落下了几片枯叶，天空高旷清碧，昨夜的雨云早已躲得无影无踪了。秋光中的西湖，是那样冷静，幽默，湖上的青山，如同深纽的玉色，桂花的残香，充溢于清晨的气流中。这时我忘记我是一只骆驼，我身上负有人生的重担。我这时是一只紫燕，我翱翔在清隆的天空中，我听见神祇的赞美歌，我觉到灵魂的所在地……这样地，被释放不知多少时候，总之我觉得被释放的那一刹那，我是从灵宫的深处流出最惊喜的泪滴了。

建悄悄地走到我的身后，低声说道："快些洗了脸，去访我们的故居吧！"

多怅惘呵，他惊破了我的幻梦，但同时又被他引起了怀旧的情绪，连忙洗了脸，等不得吃早点便向湖滨路崇仁里的故居走去。到了弄堂门口，看见新建的一间白木的汽车房，这是我们走后唯一的新鲜东西。此外一切都不曾改变，墙上贴着一张

第四章
人生是一场爱自己的旅行

招租的帖子,一看是四号吉房招租……"呀!这正是我们的故居,刚好又空起来了,喂,隐!我们再搬回来住吧!"

"事实办不到……除非我们发了一笔财……"我说。

这时我们已到那半开着的门前了,建轻轻推门进去。小小的院落,依然是石缝里长着几根青草,几扇红色的木门半掩着。我们在客厅里站了些时,便又到楼上去看了一遍,这虽然只是最后几间空房,但那里面的气氛,引起我们既往的种种情绪,最使我们觉到怅然的是陈君的死。那时他每星期六多半来找我们玩,有时也打小牌,他总是摸着光头懊恼地说道:"又打错了!"这一切影像仍逼真地现在目前,但是陈君已作了古人,我们在这空洞的房子里,沉默了约有三分钟,才怅然地离去。走到弄堂门的时候,正遇到一个面熟的娘姨——那正是我们邻居刘君的女仆,她很殷勤地要我们到刘家坐坐。我们难却她的盛意,随她进去。刘君才起床,他的夫人替小孩子穿衣服。我们这两个不速之客够使他们惊诧了。谈了一些别后的事情,抽过一支烟后,我们告辞出来。到了旅馆里,吃过鸡丝面,王、朱两位女士已在湖滨叫小划子,我们讲定今天一天玩水,所以和船夫讲定到夜给他一块钱,他居然很高兴地答应了。我们买了一些菱角和瓜子带到划子上去吃。船夫是一个五十多岁的忠厚老头子,他洒然地划着。温和的秋阳照着我——使全身的筋肉都变成松缓,懒洋洋地靠在长方形的藤椅背上。看着划桨所激起的波纹,好像万道银蛇蜿蜒不息。这时船已在三潭印月前面,白云庵那里停住了。我们上了岸,走进那座香烟阒然的古庙,一个老和尚坐在那里向阳。菩萨案前摆了一个签筒,我先抱起来摇了一阵,得了一个上上签,于是朱、王二女士同建也都每人摇出一根来。我们大家拿了签条嘻嘻哈哈笑了一阵,便拜别了那四个怒目咧嘴的大金刚,仍旧坐上船向前泛去。

船身微微地撼动,仿佛睡在儿时的摇篮里,而我们的同伴朱女士,她不住地叫头疼。建像是天真般地同情地道:"对了,我也最喜欢头疼,随便到哪里去,一吃力就头疼,尤其是昨夜太劳碌了不曾睡好。"

"就是这话了,"朱女士说:"并且,我会晕车!"

"晕车真难过……真的呢!"建故作正经地同情她,我同王女士禁不住大笑,建只低着头,强忍住他的笑容,这使我更要大笑。船泛到湖心亭,我们在那里站了些时,有些感到疲倦了,王女士提议去吃饭。建讲:"到了实行我'大吃而特吃'的计划的时候了。"

我说:"如要大吃特吃,就到'楼外楼'去吧,那是这西湖上有名的饭馆,去年我们曾在这里遇到宋美龄呢!"

"哦,原来如此,那我们就去吧!"王女士说。

果然名不虚传,门外停了不少辆的汽车,还有几个丘八先生点缀这永不带有战争气氛的湖边。幸喜我们运气好,仅有唯

第四章
人生是一场爱自己的旅行

一的一张空桌,我们四个人各霸一方,但是我们为了大家吃得痛快,互不牵掣起见,各人叫各人的菜,同时也各人出各人的钱,结果我同建叫了五只湖蟹,一尾湖鱼,一碗鸭掌汤,一盘虾子冬笋;她们二位女士所叫的菜也和我们大同小异。但其中要推王女士是个吃喝能手,她吃起湖蟹来,起码四五只,而且吃得又快又干净。再衬着她那位最不会吃湖蟹的朋友朱女士,才吃到一个的时候,便叫起头疼来。

"那么你不要吃了,让我包办吧!"王女士笑嘻嘻地说。

"好吧!你就包办……我想吃些辣椒,不然我简直吃不下饭去。"朱女士说。

"对了,我也这样,我们两人真是事事相同,可以说百分之九九一样,只有一分不一样……"建一本正经地说。

"究竟不同是哪一分呢!"王女士问。

"你真笨伯,这点都不知道,一个是男人,一个是女人呵!"建说。

这时朱女士正捧着一碗饭待吃,听了这话笑得几乎把饭碗摔到地上去。

"简直是一群疯子。"我心里悄悄地想着,但是我很骄傲,我们到现在还有疯的兴趣。于是把我们久已抛置的童年心情,从坟墓里重新复活,这不能说这不是奇迹吧!

黄昏的时候,我们的船荡到艺术学院的门口,我同建去找一个朋友,但是他已到上海去了。我们嗅了一阵桂花的香风后,依然上船。这时凉风阵阵地拂着我们的肌肤,朱女士最怕冷,裹紧大衣,仍然不觉得暖,同时东方的天边已变成灰暗的色彩,虽然西方还漾着几道火色的红霞,而落日已堕到山边,只在我们一霎眼的工夫,已经滚下山去了。远山被烟雾整个地掩蔽着,一望苍茫。小划子轻泛着平静的秋波,我们好像驾着云雾,冉冉地已来到湖滨。上岸时,湖滨已是灯火明耀,我们的灵魂跳出模糊的梦境。虽说这马路上依然是可以漫步无碍,但心情却已变了。回到旅馆吃了晚饭后,我们便商量玩山的计划:上山一定要坐山兜,所以叫了轿班的头老,说定游玩的地点和价目。这本是小问题,但是我们却充分讨论了很久:第一因为山兜的价钱太贵,我同朱女士有些犹疑;可是建同王女士坚持要坐,结果是我们失败了,只得让他们得意扬扬地盼咐轿班第二天早晨七点钟来。

今日是十月九日——正是阴历重九后一日,所以登高的人很多,我们上了山兜,出涌金门,先到净慈观去看浮木井——那是济颠和尚的灵迹。但是在我看来不过一口平凡的井而已,所闻木头浮在当中的话,始终是半信半疑。

出了净慈观又往前走,路渐荒芜,虽然满地不少黄色的野花,半红的枫叶,但那透骨的秋风,唱出飒飒瑟瑟的悲调,不禁使我又悲又喜。像我这样劳碌的生命,居然能够抽出空闲的时间来听秋蝉最后的哀调,看枫叶鲜艳的色彩,领略丹桂清绝的残香——灵魂绝对的解放,这真是万千之喜。但是再一深念,国家危难,人生如寄,此景此色只是增加人们的哀痛,又不禁悲从中来了……我尽管思绪如麻,而那抬山兜的夫子,不断地向前进行,渐渐地已来到半山之中。这时我从兜子后面往下一看,但见层崖叠壁,山径崎岖,不敢胡思乱想了。捏着一把汗,好容易来到山顶,才吁了一口长气,在一座古庙里歇下了。

同时有一队小学生也兴致勃勃地奔上山来,他们每人手里拿了一包水果一点吃的东西,都在庙堂前面院子里的雕栏上坐着边唱边吃。我们上了楼,坐在回廊上的藤椅上,和尚泡了上好的龙井茶来,又端了一碟瓜子。我们坐在藤椅上,东望西湖,漾着潋潋光波;南望钱塘,孤帆飞逝,激起白沫般的银浪。把四围无限的景色,都收罗眼底。我们正在默然出神的时候,忽听朱女士说道:"适才上山我真吓死了,若果摔下去简直骨头都要碎的,等会儿我情愿走下去。"

"对了,我也是害怕,回头我们两人走下去罢,让她们俩坐轿!"建说。

"好的。"朱女士欣然地说。

我知道建又在使促狭,我不禁望着他好笑。他格外装得活像说道:"真的,我越想越可怕,那样陡削的石级,而且又很滑,万一夫子脚一软那还了得……"建补充的话和他那种强装正经的神气,只惹得我同王女士笑得流泪。一个四十多岁的和尚,他悄然坐在大殿里,看见我们这一群疯子,不知他作何感想,但见他默默无言只光着眼睛望着前面的山景。也许他也正忍俊不禁,所以只好用他那眼观鼻,鼻观心的苦功吧!我们笑了一阵,喝了两遍茶才又乘山兜下山。朱女士果然实行她步行的计划,但是和她表同情的建,却趁朱女士回头看山景的一刹那,悄悄躲在轿子里去了。

"喂!你怎么又坐上去了?"朱女士说。

"呀!我这时忽然想开了,所以就不怕摔……并且我还有一首诗奉劝朱女士不要怕,也坐上去吧!"

"到底是诗人……快些念来我们听听吧!"我打趣他。

"当然,当然,"他说着便高声念道:"坐轿上高山,头后脚在先。请君莫要怕,不会成神仙。"

这首诗又使得我们哄然大笑。但是朱女士却因此一劝,她才不怕摔,又坐上山兜了。中午的时候我们在龙井的前面斋堂里吃了一顿素菜。那个和尚说得一口漂亮的北京话,我因问他是不是北方人。他说:"是的,才从北方游方驻扎此地。"这和尚似乎还文雅,他的庙堂里挂了不少名人的字画,同时他还问我在什么地方读书,我对他说家里蹲大学,他似解似不解地诺诺连声地应着,而建的一口茶已喷了一地。这简直是太大煞风景,我连忙给了他三块钱的香火资,跑下楼去。这时日影已经西斜了,不能再流连风景。不过黄昏的山色特别富丽,彩霞如垂幔般地垂在西方的天际,青翠的岗峦笼罩着一层干绡似的烟雾,新月已从东山冉冉上升,远远如弓形的白堤和明净的西湖都笼在沉沉暮霭中。我们的心灵浸醉于自然的美景里,永远不想回到热闹的城市去。但是轿夫们不懂得我们的心事,只顾奔他们的归程。"唷咿"一声山兜停了下来,我们翱翔着的灵魂,重新被摔到满是陷阱的人间。于是疲乏无聊,一切的情感围困了我们。

晚饭后草草收拾了行装,预备第二天回上海。这秋光中的西湖又成了灵魂上的一点印痕,生命的一页残史了。

可怜被解放的灵魂眼看着它垂头丧气地又进了牢囚。

> 万事都要全力以赴，
> 包括开心

习惯 / 老舍

不管别位，以我自己说，思想是比习惯容易变动的。每读一本书，听一套议论，甚至看一回电影，都能使我的脑子转一下。脑子的转法是像螺丝钉，虽然是转，却也往前进。所以每转一回，思想不仅变动，而且多少有点进步。记得小的时候，有一阵子很想当黄天霸。每逢四顾无人，便掏出瓦块或碎砖，回头轻喊：看镖！有一天，把醋瓶也这样出了手，几乎挨了顿打。这是听《五女七贞》的结果。及至后来读了托尔斯泰等人的作品，就是看杨小楼扮演黄天霸，也不会再扔醋瓶了。你看，这不仅是思想老在变动，而好歹地还高了一二分呢。

习惯可不能这样。拿吸烟说吧，读什么，看什么，听什么，都吸着烟。图书馆里不准吸烟，干脆就不去。书里告诉我，吸烟有害，于是想戒烟，可是想完了，照样点上一支。医院里陈列着"烟肺"，也看见过，颇觉恐慌，我也是有肺动物啊！这点嗜好都去不掉，连肺也对不起呀，怎能成为英雄呢？！思

第四章
人生是一场爱自己的旅行

想很高伟了；乃至吃过饭，高伟的思想又随着蓝烟上了天。有的时候确是坚决，半天儿不动些小白纸卷，而且自号为理智的人——对面是习惯的人。后来也不是怎么一股劲，连吸三支，合着并未吃亏。肺也许又黑了许多，可是心还跳着，大概一时还不至于死，这很足自慰。

什么都这样。按说一个自居摩登的人，总该常常携着夫人在街上走走了。我也这么想过，可是做不到。大家一看，我就毛咕，"你慢慢走着，咱们家里见吧！"把夫人落在后边，我自己迈开了大步。什么"尖头曼""方头曼"的，不管这一套。虽然这么说，到底觉得差一点。从此再不去双双走街。

明知电影比京戏文明一些，明知京戏的锣鼓专会供给头疼，可是嘉宝或红发女郎总胜不过杨小楼去。锣鼓使人头疼得舒服，仿佛是。同样，冰激凌，咖啡，青岛洗海澡，美国橘子，都使我摇头。酸梅汤，香片茶，裕德池，肥城桃，老有种知己的好感。这与提倡国货无关，而是自幼儿养成的习惯。年纪虽然不大，可是我的幼年还赶上了野蛮时代。那时候连皇上都不坐汽车，可想见那是多么野蛮了。

跳舞是多么文明的事呢，我也没份儿。人家印度青年与日本青年，在巴黎或伦敦看见跳舞，都讲究馋得咽唾沫。有一次，在爱丁堡，跳舞场拒绝印度学生进去，有几位差点上了吊。还有一次在海船上举行跳舞会，一个日本青年气得直哭，因为没人招呼他去跳。有人管这种好热闹叫作猴子的摹仿，我倒并不这么想。在我的脑子里，我看这并不成什么问题，跳不能叫印度登时独立，也不能叫日本灭亡。不跳呢，更不会就怎样了不得。可是我不跳。一个人吃饱了没事，独自跳跳，还倒怪好。叫我和位女郎来回地拉扯，无论说什么也来不得。看着就不顺眼，不用说真去跳了。这和吃冰激凌一样，我没有这个胃口。舌头一凉，马上联想到泻肚，其实心里准知道并没有危险。

还有吃西餐呢。干净，有一定分量，好消化，这些我全知道。不过吃完西餐要不补充上一碗馄饨两个烧饼，总觉得怪委屈的。吃了带血的牛肉，喝凉水，我一定跑肚。想象的作用。这就没有办法了，想象真会叫肚子山响！

对于朋友，我永远爱交老粗儿。长发的诗人，洋装的女郎，打高尔夫的男性女性，咬言咂字的学者，满跟我没缘。看不惯。老粗儿的言谈举止是咱自幼听惯看惯的。一看见长发诗人，我老是要告诉他先去理发；即使我十二分佩服他的诗才，他那些长发使我堵得慌。家兄永远到"推剃两便"的地方去"剃"，亮堂堂的很悦目。女子也剪发，在理论上我极同意，可是看着别扭。问我女子该梳什么"头"，我也答不出，我总以为女性应留着头发。我的母亲，我的大姐，不都是世界上最好的女人么？她们都没剪发。

行难知易，有如是者。

第四章
人生是一场爱自己的旅行

书 / 朱湘

拿起一本书来，先不必研究它的内容，只是它的外形，就已经很够我们的赏鉴了。

那眼睛看来最舒服的黄色毛边纸，单是纸色已经在我们的心目中引起一种幻觉，令我们以为这书是一个逃免了时间之摧残的遗民。他所以能幸免而来与我们相见的这段历史的本身，就已经是一本书，值得我们的思索、感叹，更不须提起它的内含的真或美了。

还有那一个个正方的形状，美丽的单字，每个字的构成，都是一首诗；每个字的沿革，都是一部历史。飙是三条狗的风：在秋高草枯的旷野上，天上是一片青，地上是一片赭，中疾的猎犬风一般快地驰过，嗅着受伤之兽在草中滴下的血腥，顺了方向追去，听到枯草飒索地响，有如秋风卷过去一般。昏是婚的古字：在太阳下了山，对面不见人的时候，有一群人骑着马，擎着红光闪闪的火把，悄悄向一个人家走近。等着到了竹篱柴门之旁的时候,在狗吠声中,趁着门还未闭,一声喊齐拥而入,让新郎从打麦场上挟起惊呼的新娘打马而回。同来的人则抵挡着新娘的父兄,做个不打不成交的亲家。

印书的字体有许多种:宋体挺秀有如柳字,麻沙体夭矫有如欧字,书法体娟秀有如褚字,楷体端方有如颜字。楷体是最常见的了。这里面又分出许多不同的种类来:一种是通行的正方体;还有一种是窄长的楷体,棱角最显;一种是扁短的楷体,浑厚颇有古风。还有写的书:或全楷体,或半楷体,它们不单看来有一种密切的感觉,并且有时有古代的写本,很足以考证今本的印误,以及文字的假借。

如果在你面前的是一本旧书,则开章第一篇你便将看见许多朱色的印章,有的是雅号,有的是姓名。在这些姓名别号之中,你说不定可以发现古代的收藏家或是名倾一世的文人,那时候你便可以让幻想驰骋于这朱红的方场之中,构成许多缥缈的空中楼阁来。还有那些朱圈,有的圈得豪放,有的圈得森严,你可以就它们的姿态,以及它们的位置,悬想出读这本书的人是一个少年,还是老人;是一个放荡不羁的才子,还是老成持重的儒者。你也能借此揣摩出这主人翁的命运:他的书何以流散到了人间?是子孙不肖,将他舍弃了?是遭兵逃反,被一班庸奴偷窃出了他的藏书楼?还是运气不好,家道中衰,自己将它售卖了,来填偿债务,或是支持家庭?书的旧主人是这样。

第四章
人生是一场爱自己的旅行

我呢？我这书的今主人呢？他当时对着雕花的端砚，拿起新发的朱笔，在清淡的炉香气息中，圈点这本他心爱的书，那时候，他是绝想不到这本书的未来命运。他自己的未来命运，是个怎样结局的；正如这现在读着这本书的我，不能知道我未来的命运将要如何一般。

更进一层，让我们来想象那作书人的命运：他的悲哀，他的失望，无一不自然地流露在这本书的字里行间。让我们读的时候，时而跟着他啼，时而为他扼腕太息。要是，不幸上再加上不幸，遇到秦始皇或是董卓，将他一生心血呕成的文章，一把火烧为乌有；或是像《金瓶梅》《红楼梦》《水浒传》一般命运，被浅见者标作禁书，那更是多么可惜的事情呵！

天下事真是不如意的多。不讲别的，只说书这件东西，它是再与世无争也没有的了，也都要受这种厄运的摧残。至于那琉璃一般脆弱的美人，白鹤一般兀傲的文士，他们的遭忌更是不言而喻了。试想含意未伸的文人，他们在不得意时，有的樵采，有的放牛，不仅无异于庸人，并且备受家人或主子的轻蔑与凌辱；然而他们天生得性格倔强，世俗越对他白眼，他却越有精神。他们有的把柴挑在背后，拿书在手里读；有的骑在牛背上，将书挂在牛角上读；有的在蚊声如雷的夏夜，囊了萤照着书读；有的在寒风冻指的冬夜，拿了书映着雪读。然而时光是不等人的，等到他们学问已成的时候，眼光是早已花了，头发是早已白了，只是在他们的头额上新添加了一些深而长的皱纹。

咳！不如趁着眼睛还清朗，鬓发尚未成霜，多读一读"人生"这本书吧！

第四章
人生是一场爱自己的旅行

他们尽是可爱的！ /章衣萍

我总觉得，我所住的羊市大街，的确污秽而且太寂寞了。我有时到街上闲步，只看见污秽的小孩，牵着几只呆笨的骆驼，在那灰尘满目的街上徐步。来往的车马是零落极了。有时也有几辆陈旧的洋车，拉着五六十岁的衰弱老人，或者是三四十岁的丑陋妇女，在那灰尘当中撞过。两旁尽站着些狭小的店铺，这些店铺我是从来没有进去买过东西的，门前冷落如坟墓。

"唉，这样凄凉而寂寞的地方！"我长嘘了一口气，回到房里。东城，梦里的东城，只有她是我生命的安慰者：北河沿的月夜，携手闲游；沙滩的公寓里，围炉闲话；大学夹道中的朋友，对坐谈鬼。那里，那里的朋友是学富才高，那里的朋友是年青貌美，那里的朋友是活泼聪明。冬夜是最恼人的！我有时从梦中醒来，残灯未灭，想到那如梦如烟的东城景象，心中只是凄然，怃然，十分难受！

记得 Richard C.Cabot 在他的 *What men Live By* 一书

中，曾说到人生不可缺的四种东西——工作，爱情，信仰与游戏。然而我，我的生命的寸步不离的伴侣，只有那缠绵不断的工作呵！我是一个不相信宗教而且失恋的人。说到游戏那就更可怜了。这样黑暗而寥落的北京城，哪里找得正当游戏的地方？逛新世界吗？逛城南游艺园吗？那样污秽的地方，我要去也又何忍去！

我真觉得寂寞极了。我只有让那做不完的工作来消磨我的可怜的生命。

说来也惭愧，我在羊市大街住了一年，竟没有在左近找着一个相识而且很好的朋友。我是一个爱美爱智的人，我诅咒而厌恶那丑陋和愚蠢。这羊市大街的左右，多的是污秽的商店和愚蠢的工人和车夫，我应该向谁谈话呢？

然而我觉悟，现在已觉悟了。美和智是可爱的，善却同他们一般地可爱。

为了办平民读书处，我才开始同羊市大街的市民接触了。第一次进去的，是一个狭小的铜匠铺。当我走进门的时候，里面两个匠人，正站在炉火旁边，做他们未完的工作。他们看见我同他们点头，似乎有些奇怪起来了。"先生，你来买些什么东西？"一个四十几岁的铜匠，从他的瘦黑的脸色中，足以看出他的半生的辛苦，我含笑殷勤地这般对他说："我不是来买东西的，我是来劝你们读书的。你愿意读书吗？我住在帝王庙。

第四章
人生是一场爱自己的旅行

你愿意,我可送你们四本书,四本书共有一千个字,四个月读完。你愿意读,你晚上有工夫,我们可以派人来教你。"他听完我的话以后,乐得几乎跳起来了。"那是极好的事!我从小因为没有钱,所以读不起书。唉,现在真是苦极了。记一笔账,写一封信,也要去拜托旁人。先生,我愿意,我的徒弟也愿意,就请你老每晚来教我们吧。只是劳驾得很!"我从袋里拿出四本《平民千字课》,告诉他晚上再来,便走出铜匠铺了。他送我出门,从他的微笑里,显出诚恳的感激的样子。我此时心中真快乐,这种快乐却异乎寻常。The happy are made by the a question of good things,比寻些损害他人利益自己的快乐高贵得多了。我是从学生社会里刚出来的人,我只觉得那红脸黑发的活泼青年是可爱的,我几乎忘记了那中年社会的贫苦人民,他们也有我们同样的理性,同样的感情,同样的洁白良心,只是没有我们同样的机会,所以造成那样悲惨的境遇。许多空谈改革社会的青年们呵!我们关起门来读一两本马克思或是克鲁巴特金的书籍,便以为满足了吗?如果你们要社会变成你们理想的天国,你们应该使多数的兄弟姊妹懂得你们的思想。教育比革命还要紧些。朋友们,我们应该用我们的心血去替代那鲜红的热血!我此时脑中的思想风起泉涌,我又走进一个棺材铺了。一进门,看见许多的大小棺材,我便想起守方对我说的话:"看见了棺材,心中便觉得害怕起来。"但是,胆小的朋友呵！我们又谁能够不死呢？Marous Arelius 说得好："死是挂在你的头上的！当你还活着的时候，当你还有权力的时候，努力变成一个好人吧！"这是我们应该时时刻刻记着的话。那棺材铺中的一个老头儿，破碎的棉袄，抽着很长的烟袋。他含笑地对我说："先生，请坐。"我此时也忍不住地笑起来了。我说："我不是来买棺材的，我是来劝你们读书的。老人家，你有几个伙计，他们都认识字吗？""我没有伙计，只有一个儿子。哈哈！先生，我今年六十五岁了。你看我还能读书吗？"我的心中真感动极了。我便告诉他平民读书处的办法，随后又送了他两本《平民千字课》。他说："很好！四个月能够读完一千字，我虽然老了，也愿意试试看。"他恭恭敬敬地端出一碗茶给我，我喝完了茶，便走出门了。我本是一个厌恶老年人的，此时很忏悔我从前的谬误。诚恳而且真实的人们是应该受敬礼的，我们应该敬礼那诚实的老人，胜过那浮滑的青年！我乘兴劝导设立平民读书处，走进干果铺，烧饼铺，刻字铺，在几十分钟之内接谈了十几个商人，他们的态度都那么诚恳，那么动人，那么朴实可爱。

　　太阳已经没有了，我孤单单地回到帝王庙去。我仿佛看见羊市大街左右的店铺里尽是些可爱的人，心中觉得无限快乐，无限安慰。我忘记了这是一条污秽而寂寞的街市！丑陋和愚蠢是掩不了善的存在和价值的。美和智能给人快乐，也能给人忧愁。只有善才是人生最后的目的，也是最大的快乐！我走进自己的房里，将房门关起来，呆坐在冷清的灯光面前，什么忧愁都消灭了。只有那与人为善的观念，像火一般地燃烧在寂寞的心里。

第五章
纵使慢,也要驰而不息

正因为我们今日的种种苦痛
都是从前努力不够的结果,
所以我们将来的恢复与兴盛绝没有捷径,
只有努力工作一条窄路,
一点一滴地努力,一寸一尺地改善。

万事都要全力以赴,
包括开心

春 / 丰子恺

　　春是多么可爱的一个名词！自古以来的人都赞美它，希望它长在人间。诗人，特别是词客，对春爱慕尤深。试翻词选，差不多每一页上都可以找到一个春字。后人听惯了这种话，自然地随喜附和，即使实际上没有理解春的可爱的人，一说起春也会觉得欢喜。这一半是春这个字的音容所暗示的。"春！"你听，这个音读起来何等铿锵而惺忪可爱！这个字的形状何等齐整妥帖而具足对称的美！这么美的名字所隶属的时节，想起来一定很可爱。好比听见名叫"丽华"的女子，想来一定是个美人。

　　然而实际上春不是那么可喜的一个时节。我积三十六年之经验，深知暮春以前的春天，生活上是很不愉快的。

　　梅花带雪开了，说道是露泄春的消息。但这完全是精神上的春，实际上雨雪霏霏，北风烈烈，与严冬何异？所谓迎春的人，也只是瑟缩地躲在房栊内，战栗地站在屋檐下，望望枯枝一般的梅花罢了！

第五章
纵使慢，也要驰而不息

再迟个把月吧，就像现在：惊蛰已过，所谓春将半了。住在都会里的朋友想象此刻的乡村，足有画图一般美丽，连忙写信来催我写春的随笔。好像因为我偎傍着春，惹他们妒忌似的。其实我们住在乡村间的人，并没有感到快乐，却生受了种种的不舒服：寒暑表激烈地升降于36度至62度之间[①]。一日之内，乍暖乍寒。暖起来可以想起都会里的冰激凌，寒起来几乎可见天然冰，饱尝了所谓"料峭"的滋味。天气又忽晴忽雨，偶一出门，干燥的鞋子往往拖泥带水归来。"一春能有几番晴"是真的；"小楼一夜听春雨"其实没有什么好听，单调得很，远不及你们都会里的无线电的花样繁多呢。春将半了，但它并没有给我们一点舒服，只教我们天天愁寒，愁暖，愁风，愁雨。正是"三分春色二分愁，更一分风雨！"

春的景象，只有乍寒、乍暖、忽晴、忽雨是实际而明确的。此外虽有春的美景，但都隐约模糊，要仔细探寻，才可依稀仿佛地见到，这就是所谓"寻春"吧？有的说"春在卖花声里"，有的说"春在梨花"，又有的说"红杏枝头春意闹"，但这种景象在我们这枯寂的乡村里都不易见到。即使见到了，肉眼也不易认识。总之，春所带来的美，少而隐；春所带来的不快，多而确。诗人词客似乎也承认这一点，春寒、春困、春愁、春

[①] 此为华氏温度。

怨,不是诗词中的常谈么?不但现在如此,就是再过个把月,到了清明时节,也不见得一定春光明媚,令人极乐。倘又是落雨,路上的行人将要"断魂"呢。

可知春徒有其名,在实际生活上是很不愉快的。实际,一年中最愉快的时节,是从暮春开始的。就气候上说,暮春以前虽然大体逐渐由寒向暖,但变化多端,始终是乍寒,乍暖,最难将息的时候。到了暮春,方才冬天的影响完全消灭,而一路向暖。寒暑表上的水银爬到 temperate(温和的)上,正是气候最 temperate 的时节。就景色上说,春色不须寻找,有广大的绿野青山,慰人心目。古人词云:"杜宇一声春去,树头无数青山。"原来山要到春去的时候方才全青,而惹人注目。我觉得自然景色中,青草与白雪是最伟大的现象。造物者描写"自然"这幅大画图时,对于春红、秋艳,都只是略蘸些胭脂、朱磦,轻描淡写。到了描写白雪与青草,他就毫不吝惜颜料,用刷子蘸了铅粉、藤黄和花青而大块地涂抹,使屋屋皆白,山山皆青。这仿佛是米派山水的点染法,又好像是 Cèzanne[①] 风景画的"色的块",何等泼辣的画风!而草色青青,连天遍野,尤为和平可亲,大公无私的春色。花木有时被关闭在私人的庭园里,吃了园丁的私刑而献媚于绅士淑女之前。草则到处自生

[①] Cèzanne:保罗·塞尚(1839—1906),法国印象派画家。

第五章
纵使慢，也要驰而不息

自长，不择贵贱高下。人都以为花是春的作品，其实春工不在花枝，而在于草。看花的能有几人？草则广泛地生长在大地的表面，普遍地受大众的欣赏。这种美景，是早春所见不到的。那时候山野中枯草遍地，满目憔悴之色，看了令人不快。必须到了暮春，枯草尽去，才有真的青山绿野的出现，而天地为之一新。一年好景，无过于此时。自然对人的恩宠，也以此时为最深厚了。

讲求实利的西洋人，向来重视这季节，称之为 May（五月）。May 是一年中最愉快的时节，人间有种种的娱乐，即所谓 May-queen（五月美人）、May-pole（五月彩柱）、May-games（五月游艺）等。May 这一个字，原是"青春""盛年"的意思。可知西洋人视一年中的五月，犹如人生中的青年，为最快乐、最幸福、最精彩的时期。这确是名副其实的。但东洋人的看法就与他们不同：东洋人称这时期为暮春，正是留春、送春、惜春、伤春，而感慨、悲叹、流泪的时候，全然说不到乐。东洋人之乐，乃在"绿柳才黄半未匀"的新春，便是那忽晴、忽雨、乍暖、乍寒，最难将息的时候。这时候实际生活上虽然并不舒服，但默察花柳的萌动，静观天地的回春，在精神上是最愉快的。故西洋的 May 相当于东洋的春。这两个字读起来声音都很好听，看起来样子都很美丽。不过 May 是物质的、实利的，而春是精神的、艺术的。东西洋文化的判别，在这里也可窥见。

> 万事都要全力以赴，
> 包括开心

生活 / 瞿秋白

世界是现实的，人是活的。

生活是"动"，求静的动，然而永不及静的。正负两号在代数中是相消的，在生活中是相集的。进取工作，脑血筋力鼓动膨胀发展时，人觉积极的乐意——是生活；疲惫怠荡弛缓时，人觉消极的休息——是死灭。这第一式中虽相对，然而凡"一切动时一切生"。动而向上，动而向下，两端相应，积极消极都是动。所以欣然做工者，憩然休息者，忿然自杀者都在生活中。永不及静，是以永永地生活。

不动不生，又要不死不灭，不工作，不自杀，处于生与死两者之间，是不可能的。

既然如此，"动"而"活"，活而"现实"。现实的世界中，假使不死寂——不自杀，起而为协调的休息与工作，乃真正的生活。

"工作为工作"是无意味的。必定有所得。——其实"为

第五章
纵使慢,也要驰而不息

工作的工作"固然有无上的价值,然而也不能说无所得,"动的乐意"即是所得。动的,工作的"所得"之积累联合,相协相合而成文化。文化为"动"——即生活的产儿。文化为"动"——即生活的现实。

所以:——为文化而工作,而动,而求静——故或积累,或灭杀,务令于人生的"梦"中,现出现实的世界;凡是现实的都是活的,凡是活的都是现实的;新文化的动的工作,既然纯粹在现实的世界,现实世界中的工作者都在生活中,都是活的人。

万事都要全力以赴，
包括开心

露沙 / 石评梅

昨夜我不知为了什么，绕着回廊走来走去地踱着，云幕遮蔽了月儿的皎䶮，就连小星的微笑也看不见，寂静中我只渺茫地瞻望着黑暗的远道，毫无意志地痴想着。

算命的鼓儿，声声颤荡着，敲破了深巷的沉静。我靠着栏杆想到往事，想到一个充满诗香的黄昏，悲歌慷慨的我们。

记得，古苍的虬松，垂着长须，在晚风中，对对暮鸦从我们头上飞过，急箭般隐入了深林。在平坦的道上，你慢慢地走着，忽然停步握紧了我手说：

"波微！只有这层土上，这些落叶里，这个时候，一切是属于我们的。"

我没有说什么，捡了一片鲜红的枫叶，低头夹在书里。当我们默然穿过了深秋的松林时，我慢走了几步，留在后面，望着你双耸的瘦肩，急促的步履，似乎告诉我你肩上所负心里隐存的那些重压。

第五章
纵使慢，也要驰而不息

走到水榭荷花池畔，坐在一块青石上，抬头望着蔚蓝的天空；水榭红柱映在池中，蜿蜒着像几条飞舞的游龙。云雀在枝上叫着，将睡了的秋蝉，也引得啾啾起来。白鹅把血红的嘴，黑漆的眼珠，都曲颈藏在雪绒的翅底；鸳鸯激荡着水花，昂首游泳着。那翠绿色的木栏，是聪明的人类巧设下的藩篱。

这时我已有点醺醉，看你时，目注着石上的苍苔，眼里转动着一种神秘的讪笑，猜不透是诅咒，还是赞美！你慢慢由石上站起，我也跟着你毫无目的地走去。到了空旷的社稷坛，你比较有点勇气了，提着裙子昂然踏上那白玉台阶时，脸上轻浮着女王似的骄傲尊贵，晚风似侍女天鹅的羽扇，拂着温馨的和风，袅袅地圈绕着你。望西方荫深的森林，烟云冉冉，树叶交织间，露出一角静悄悄重锁的宫殿。

我们依偎着，天边的晚霞，似纱帷中掩映着少女的桃腮，又像爱人手里抱着的一束玫瑰。渐渐地淡了，渐渐地淡了，只现出几道青紫的卧虹，这一片模糊暮云中，有诗情也有画景。

远远的军乐，奏着郁回悲壮之曲，你轻踏着蛮靴，高唱起"古从军"曲来，我虽然想笑你的狂态浪漫，但一经沉思，顿觉一股冰天的寒风，吹散了我心头的余热。无聊中我绕着坛边，默数上边刊着的青石，你忽然转头向我说：

"人生聚散无常，转眼漂泊南北，回想到现在，真是千载难遇的良会，我们努力快乐现在吧！"

当时我凄楚得说不出什么；就是现在我也是同样地说不出什么，我想将来重翻起很厚的历史，大概也是说不出什么。

往事只堪追忆，一切固然是消失地逃逸了。但我们在这深夜想到时，过去总不是概归空寂的，你假如能想到今夜天涯沦落的波微，你就能想到往日浪漫的遗迹。但是有时我不敢想，不愿想，月月的花儿开满了我的园里，夜夜的银辉，照着我的窗帏，她们是那样万古不变。我呢！时时在上帝的机轮下回旋，令我留恋的不能驻停片刻，令我恐惧的又重重实现。露沙！从前我想着盼着的，现在都使我感到失望了！

自你走后，白屋的空气沉寂得像淡月凄风下的荒冢，我似暗谷深林里往来飘忽的幽灵；这时才感到从前认为凄绝冷落的谈话，放浪狂妄的举动，现在都化作了幸福的安慰，愉快的兴奋。在这长期的沉寂中，屡次我想去信问候你的近况，但慵懒的我，搁笔直到如今。上次在京汉路中读完《前尘》，想到你向我索感的信，就想写信，这次确是能在你盼望中递到你手里了。

读了最近写的信，知你柔情万缕中，依稀仍珍藏着一点不甘雌伏的雄心，果能如此，我觉十分欣喜！原知宇宙网罗，有时在无意中无端地受了系缚；云中翱翔的小鸟，猎人要射击时，谁能预防，谁能逃脱呢！爱情的陷入也是这样。

你我无端邂逅，无端结交，上帝的安排，有时原觉多事，

第五章
纵使慢,也要驰而不息

我于是常奢望着你,在锦帷绣帏中,较量柴米油盐之外,要承继着从前的希望,努力作未竟的事业;因之,不惮烦嚣在香梦朦胧时,我常督促你的警醒。不过,一个人由青山碧水到了崎岖荆棘的路上,由崎岖荆棘又进了柳暗花明的村庄,已感到人世的疲倦,在这期内,彻悟了的自然又是一种人生。

在学校时,我见你激昂慷慨的态度,我曾和婉说你是"女儿英雄",有时我逢见你和宗莹在公园茅亭里大嚼时,我曾和婉说你是"名士风流",想到扶桑余影,当你握着利如宝剑的笔锋,铺着云霞天样的素纸,立在万丈峰头,俯望着千仞飞瀑的华严泷,凝思神往的时候,原也曾独立苍茫,对着眼底河山,吹弹出雄壮的悲歌;曾几何时,栉风沐雨的苍松,化作了醉醺阳光的蔷薇。

但一想到中国妇女界的消沉,我们懦弱的肩上,不得不负一种先觉觉人的精神,指导奋斗的责任,那么,露沙呵!我愿你为了大多数的同胞努力创造未来的光荣,不要为了私情而抛弃一切。

我自然还是那样屏绝外缘,自谋清静,虽竭力规避尘世,但也不见得不坠落人间;将来我计划着有两条路走,现暂不告你,你猜想一下如何?

从前我常笑你那句"我一生游戏人间,想不到人间反游戏了我"。如今才领略了这种含满了血泪的诉述。我正在解脱着一种系缚，结果虽不可预知，但情景之悲惨，已揭露了大半，暗示了我悠远的恐惧。不过，露沙！我已经在心田上生根的信念，是此身虽朽，而此志不变的；我的血脉莫有停止，我和情感的决斗没有了结，自知误己误人，但愚顽的我，已对我灵魂宣誓过这样去做。

青年人的苦闷 / 胡适

今年六月二日早晨,一个北京大学一年级学生,在悲观与烦闷之中,写了一封很沉痛的信给我。这封信使我很感动,所以我在那个六月二日的半夜后写了一封一千多字的信回答他。

我觉得这个青年学生诉说他的苦闷不仅是他一个人感受的苦闷,他要解答的问题也不仅是他一个人要问的问题。今日无数青年都感觉大同小异的苦痛与烦闷,我们必须充分了解这件绝不容讳饰的事实,我们必须帮助青年人解答他们渴望解答的问题。

这个北大一年级学生来信里有这一段话:

生自小学毕业到中学,过了八年沦陷生活,苦闷万分,夜中偷听后方消息,日夜企盼祖国胜利,在深夜时暗自流泪,自恨不能为祖国做事。……但胜利后,我们接收大员及政府所表现的,实在太不像话。……生从沦陷起对政府所怀各种希望完全变成失望，且曾一度悲观到萌自杀的念头。……自四月下旬物价暴涨，同时内战更打得起劲。生亲眼见到同胞受饥饿而自杀，以及内战的惨酷，联想到祖国的今后前途，不禁悲从中来，原因是生受过敌人压迫，实再怕做第二次亡国奴！……我伤心，我悲哀，同时绝望——在绝望的最后几分钟，问您几个问题。

他问了我七个问题，我现在挑出这三个：

一、国家是否有救？救的方法如何？

二、国家前途是否绝望？若有，希望在哪里？请具体示知。

三、青年人将苦闷死了，如何发泄？

以上我摘抄这个青年朋友的话，以下是我答复他的话的大致，加上后来我自己修改引申的话。这都是我心里要对一切苦闷青年说的老实话。

我们今日所受的苦痛，都是我们这个民族努力不够的当然结果。我们事事不如人：科学不如人，工业生产不如人，教育不如人，知识水准不如人，社会政治组织不如人；所以我们经过了苦战，大破坏之后，恢复很不容易。人家送兵船给我们，我们没有技术人才去驾驶。人家送工厂给我们——如胜利之后敌人留下了多少大工厂——而我们没有技术人才去接收使用，继续生产，所以许多烟囱不冒烟了，机器上了锈，无数老百姓失业了！

第五章
纵使慢,也要驰而不息

青年人的苦闷失望——其实岂但青年人苦闷失望吗?——最大原因都是因为我们前几年太乐观了,大家都梦想"天亮",都梦想一旦天亮之后就会"天朗气清,惠风和畅",有好日子过了!

这种过度的乐观是今日一切苦闷悲观的主要心理因素。大家在那"夜中偷听后方消息,日夜企盼祖国胜利"的心境里,当然不会想到战争是比较容易的事,而和平善后是最困难的事。在胜利的初期,国家的地位忽然抬高了,从一个垂亡的国家一跳就成了世界上第四强国了!大家在那狂喜的心境里,更不肯去想想坐稳那世界第四把交椅是多大困难的事业。天下哪有科学落后,工业生产落后,政治经济社会组织事事落后的国家可以坐享世界第四强国的福分!

试看世界的几个先进国家,战胜之后,至今都还不能享受和平的清福,都还免不了饥饿的恐慌。美国是唯一的例外。前年十一月我到英国,住在伦敦第一等旅馆里,整整三个星期,没有看见一个鸡蛋!我到英国公教人员家去,很少人家有一盒火柴,却只用小木片向炉上点火供客。大多数人的衣服都是旧的补绽的。试想英国在三十年前多么威风!在第二次世界大战之中,英国人一面咬牙苦战,一面都明白战胜之后英国的殖民地必须丢去一大半,英国必须降为二等大国,英国人民必须吃大苦痛。但英国人的知识水准高,大家绝不悲观,都能明白战

万事都要全力以赴，
包括开心

后恢复工作的巨大与艰难，必须靠大家束紧裤带，挺起脊梁，埋头苦干。

我们中国今日无数人的苦闷悲观，都由于当年期望太奢而努力不够。我们在今日必须深刻地了解：和平善后要比抗战困难得多多。大战时须要吃苦努力，胜利之后更要吃苦努力，才可以希望在十年二十年之中做到一点复兴的成绩。

国家当然有救，国家的前途当然不绝望。这一次日本的全面侵略，中国确有亡国的危险。我们居然得救了。现存的几个强国，除了一个国家还不能使我们完全放心之外，都绝对没有侵略我们的企图。我们的将来全靠我们自己今后如何努力。

正因为我们今日的种种苦痛都是从前努力不够的结果，所以我们将来的恢复与兴盛绝没有捷径，只有努力工作一条窄路，一点一滴地努力，一寸一尺地改善。

悲观是不能救国的，呐喊是不能救国的，口号标语是不能救国的，责人而自己不努力是不能救国的。

我在二十多年前最爱引易卜生对他的青年朋友说的一句话："你要想有益于社会，最好的法子莫如把自己这块材料铸造成器。"我现在还要把这句话赠送给一切悲观苦闷的青年朋友。社会国家需要你们做最大的努力，所以你们必须先把自己这块材料铸造成有用的东西，方才有资格为社会国家努力。

今年四月十六日，美国南加罗林那州的州议会举行了一

第五章
纵使慢，也要驰而不息

个很隆重的典礼，悬挂本州最有名的公民巴鲁克（Bernard M.Baruch）的画像在州议会的壁上，请巴鲁克先生自己来演说。巴鲁克先生今年七十七岁了，是个犹太种的美国大名人。当第一次世界大战时，他是威尔逊总统的国防顾问，是原料委员会的主任，后来专管战时工业原料。巴黎和会时，他是威尔逊的经济顾问。当第二次世界大战时，他是战时动员总署的专家顾问，是罗斯福总统特派的人造橡皮研究委员会的主任。战争结束后，他是总统特任的原子能管理委员会的主席。他是两次世界大战都曾出大力有大功的一个公民。

这一天，这位七十七岁的巴鲁克先生起来答谢他的故乡同胞对他的好意，他的演说辞是广播全国对全国人民说的。他的演说，从头至尾，只有一句话：美国人民必须努力工作，必须为和平努力工作，必须比战时更努力工作。

巴鲁克先生说："现在许多人说借款给人可以拯救世界，这是一个最大的错觉。只有人们大家努力做工可以使世界复兴，如果我们美国愿意担负起保存文化的使命，我们必须做更大的努力，比我们四年苦战还更大的努力。我们必须准备出大汗，努力撙节，努力制造世界人类需要的东西，使人们有面包吃，有衣服穿，有房子住，有教育，有精神上的享受，有娱乐。"

他说："工作是把苦闷变成快乐的炼丹仙人。"他又说：美国工人现在的工作时间太短了，不够应付世界的需要。他主张：如果不能回到每周六天，每天八小时的工作时间，至少要大家同心做到每周四十四小时的工作；不罢工，不停顿，才可以做出震惊全世界的工作成绩来。

巴鲁克先生最后说："我们必须认清：今天我们正在四面包围拢来的通货膨胀的危崖上，只有一条生路，那就是工作。我们生产越多，生活费用就越减低；我们能购买的货物也就越加多，我们的剩余力量（物质的，经济的，精神的）也就越容易积聚。"

我引巴鲁克先生的演说，要我们知道，美国在这极强盛极光荣的时候，他们远见的领袖还这样力劝全国人民努力工作。"工作是把苦闷变成快乐的炼丹仙人。"我们中国青年不应该想想这句话吗？

第五章
纵使慢,也要驰而不息

夏的歌颂 / 庐隐

出汗不见得是很坏的生活吧,全身感到一种特别的轻松。尤其是出了汗去洗澡,更有无穷的舒畅,仅仅为了这一点,我也要歌颂夏天。

其久被压迫,而要挣扎过——而且要很坦然地过去,这也不是毫无意义的生活吧,——春天是使人柔困,四肢瘫软,好像受了酒精的毒,再无法振作;秋天呢,又太高爽,轻松使人忘记了世界上有骆驼——说到骆驼,谁也忘不了它那高峰凹谷之间的重载,和那慢腾腾,不尤不怨地往前走的姿势吧!冬天虽然是风雪严厉,但头脑尚不受压轧。只有夏天,它是无隙不入地压迫你,你每一个毛孔,每一根神经,都受着重大的压轧;同时还有臭虫蚊子苍蝇助虐地四面夹攻,这种极度紧张的夏日生活,正是训练人类变成更坚强而有力量的生物。因此我又不得不歌颂夏天!

二十世纪的人类,正度着夏天的生活——纵然有少数阶级,他们是超越天然，而过着四季如春享乐的生活，但这太暂时了，时代的轮子，不久就要把这特殊的阶级碎为齑粉！——夏天的生活是极度紧张而严重，人类必要努力地挣扎过，尤其是我们中国不论士农工商军，哪一个不是喘着气，出着汗，与紧张压迫的生活拼命呢？脆弱的人群中，也许有诅咒，但我却以为只有虔敬的承受，我们尽量地出汗，我们尽量地发泄我们生命之力，最后我们的汗液，便是甘霖的源泉，这炎威逼人的夏天，将被这无尽的甘霖所毁灭，世界变得清明爽朗。

夏天是人类生活中，最雄伟壮烈的一个阶段，因此，我永远地歌颂它。

第五章
纵使慢，也要驰而不息

再生的波兰 / 戴望舒

他们在瓦砾之中生长着，以防空洞为家，以咖啡店为办事处，食无定时，穿不称身的旧衣，但是他们却微笑着，骄傲地过着生活。

波兰的生活已慢慢地趋向正常了，但是这个过程却是痛苦的。混乱和破坏便是德国人在五年半的占领之后所留下的遗物。什么东西都必须从头做起。波兰好像是一片殖民的土地，必须要从一片空无所有的地方建立一个新的社会，一个经济秩序和一个政治行政。除此以外，带有一个附加的困难：德国人所播下的仇恨和猜疑的种子，必须连根铲除。

这里是几幅画像。在华沙区中，砖瓦工业已差不多完全破坏了，而华沙却急着需要砖瓦，因为它百分之八十五的房屋都已坍败了。第一件急务是重建砖瓦工业。那些未受损害的西莱细亚区域的工场，在战前每年能够出产七万万块砖瓦。它们可能立刻拿来用，但是困难却在运输上。铁路的货车已毁坏了，残余下多少交通材料尚待调查。政府想用汽车和运货汽车来补充。UNNRA 已经开始交货了，而且也答应得更多一点。

百分之六十的波兰面粉厂已变成瓦砾场了。政府感到重建它们的急要，现在已开始帮助它们重建了。在一万二十间面粉厂之中，二千间是由政府直接管理的——这些大都是被赶去了的德国人的产业。其余的面粉厂也由官方代管着，等待主有者来接收。

华沙是战争的最悲剧的城，又是世界上最古怪的城。在它的大街上走着的时候，你除了废墟之外什么也看不到。这座城好像是死去而没有鬼魂出没的；可是从这些废墟之间，却浮现出生活来，一种认真的，工作而吃苦的生活，但却也是一种令人惊奇的快乐的生活。

你看见那些微笑的脸儿，忙碌的人物，跑来跑去的人。交通是十分不方便，少数的几架电车不够符合市民的需要，所以停车站上都排着长长的队伍。

今日华沙的最动人的景象，也许就是废墟之间的咖啡店生活吧。化为一堆瓦砾的大厦，当你在旁边走过的时候，也许会辨认不出来吧。瓦砾已被清除了，十张桌子和四十张椅子，整整齐齐地安排在那往时的大厦的楼下一层的餐室中，门口挂着一块招牌，骄傲地宣称这是"巴黎咖啡店"。顾客们来来去去，

第五章
纵使慢，也要驰而不息

侍者侍候他们，生活就回到了那废墟。在今日，这些咖啡店就是复活的华沙的象征。

人们住在地下防空洞，临时搭的房间，或是郊外的避弹屋。这些住所是只适合度夜的，成千成万的人都把他们的日子消磨在咖啡店中。那些咖啡店，有时候是设在一所破坏了的屋子的最低一层，上面临时用木板或是洋铁皮遮盖着；有时设在那在轰炸中神奇地保全了的玻璃顶阳台上；但是大部分的咖啡店，却都是露天的。在那里，人们坐着谈天，讲生意，办公事。他们似乎很快乐，但是如果你听他们谈话，你可以听见他们在那儿抱怨。他们不满意建筑太慢，交通太不方便。

这种临时的咖啡店吸引了各色各样的顾客：贩子们兜人买自来水笔和旧衣服，孩子卖报纸，还有一种特别的人物，那就是专卖外国货币的人。什么事情都有变通办法，如果有一件东西是无法弄得到的，只要一说出来，过了一小时你就可以弄到手。和咖啡店做着竞争的，有店铺和摊位。只消在被炮火打得洞穿的墙上钉几块木牌，店铺就开出来了。那些招牌宣告了那些店铺的存在和性质："巴黎理发店""整旧如新，立等即有"等等。在另一条街上，在破碎的玻璃后面，几枝花和一块招牌写着"小勃里斯多尔"——原来在旧日的华沙，勃里斯多尔饭店是最大的旅馆。

这便是街头的生活，但是微笑的脸儿却隐藏着无数的忧虑。

人民的衣服都穿得很坏；在波兰全国，衣服和皮革都缺乏得很，许多人都穿着几年以前的旧衣服，用不论任何方法去聊以蔽体。有的人则买旧衣服来穿，也不管那些衣服称身不称身，袖短及肘，裤短及膝的，也是常见的了。

在生活的每一部门，都缺乏熟练的人手。医生非常稀少，而人民却急需医药。几年以来，他们都是营养不良而且常常生病。孩子们都缺乏维他命和医药。留在那里的医生都忙得不可开交，他们不得不去和希特勒的饥饿政策和缺乏卫生的后患斗争，然而人民却并不仅仅生活。他们还亲切而骄傲地生活。那最初在华沙行驶的电车都结满了花带。那些并不比摊子大一点的店铺都卖着花。在波兰，差不多已经有三十家戏院开门了，而克格哥交响乐队，也经常奏演了。

报纸、杂志和专门出版物，都渐渐多起来，但是纸张的缺乏却妨碍了出版界的发展。小学和大学都重开了，但是书籍和仪器却十分缺乏。

在波兰，差不多任何东西都是不够供应。物价是高过受薪阶层的购买力的。运输的缺乏增加了食品分配的困难，但是工厂和餐室，以及政府机关的食堂，却都竭力弥补这个缺陷。在波兰的经济机构中，是有着那么许多空洞，你刚补好了一个洞，另外五个洞又现出来了。经济的发动机的操纵杆不能操纵自如，于是整部车子走几码就停下来了。

第五章
纵使慢，也要驰而不息

除了物质的需要之外，还有精神的不安。精确的估计算出，从一九三九年起，波兰死亡的总数有六百万人。现在还有成千成万的人，都还不知道自己的家属的存亡和命运。幸而人民的精神拯救了这个现状。他们泰然微笑地穿着他们不称身的衣服，吃着他们的不规则的饭食，忍受着物品的缺乏和运输的迟缓。他们已下了决心，要使波兰重新生活起来。

万事都要全力以赴,
包括开心

梦回 / 石评梅

　　这已是午夜人静,我被隔房一阵痛楚的呻吟惊醒!睁开眼时,一盏罩着绿绸的电灯,低低地垂到我床前,闪映着白漆的几椅和镜台。绿绒的窗帏长长地拖到地上;窗台上摆着美人蕉,摆着梅花,摆着水仙,投进我鼻端的也辨不出是哪一种花香。墙壁的颜色我写不出,不是深绿,不是浅碧,像春水又像青天,表现出极深的沉静与幽暗。我环顾一周后,不禁哀哀地长叹一声!谁能想到呢!我今夜来到这陌生的室中,睡在这许多僵尸停息过的床上做这惊心的碎梦!谁能想到呢!除了在暗中捉弄我的命运,和能执掌着生机之轮的神。

　　这时候门轻轻地推开了。进来一个黑衣罩着白坎肩戴着白高冠的女郎,在绿的灯光下照映出她娇嫩的面靥,尤其可爱的是一双黑而且深的眼;她轻盈婀娜地走到我床前。微笑着说:"你醒了!"声音也和她的美丽一样好听!走近了,细看似乎像一个认识的朋友,后来才想到原来像去秋死了的婧姊。不知

第五章
纵使慢，也要驰而不息

为什么我很喜欢她；当她把测验口温的表放在我嘴里时，我凝视着她，我是愿意在她依稀仿佛的面容上，认识我不能再见的婧姊呢！

"你还须静养不能多费思想的，今夜要好好地睡一夜，明天也许会好的，你不要焦急！"她的纤纤玉手按着我的右腕，斜着头说这几句话。我不知该怎样回答她，我只微笑地点点头。她将温度写在我床头的一个表上后，她把我的被又向上拉了拉，把汽炉上的水壶拿过来。她和来时一样又那么轻盈婀娜地去了。电灯依然低低地垂到我床前，窗帏依然长长地拖到地上，室中依然充满了沉静和幽暗。

她是谁呢？她不是我的母亲，不是我的姊妹，也不是我的亲戚和朋友，她是陌生的不相识的一个女人；然而她能温慰我服侍我一样她不相识的一个病人。当她走后我似乎惊醒地回忆时，我不知为何又感到一种过后的惆怅，我不幸做了她的伤羊。我合掌谢谢她的来临，我像个小白羊，离群倒卧在黄沙凄迷的荒场，她像月光下的牧羊女郎，抚慰着我的惊魂，吻照着我的创伤，使我由她洁白仁爱的光里，看见了我一切亲爱的人，忘记了我一切的创痛。

我哪能睡，我哪能睡，心海像狂飙吹拂一样地汹涌不宁；往事前尘，历历在我脑海中映演，我又跌落在过去的梦里沉思。心像焰焰迸射的火山，头上的冰囊也消融了。我按电铃，对面小床上的漱玉醒了，她下床来看我，我悄悄地拉她坐在我床边，我说："漱妹，你不要睡了，再有两夜你就离开我去了，好不好今夜我俩联床谈心？"漱玉半天也不说话，只不停地按电铃，我默默望着她娇小的背影咽泪！女仆给我换了冰囊后，漱玉又转到我床前去看我刚才的温度；在电灯下呆立了半晌，她才说："你病未脱险期，要好好静养，不能多费心思多说话，你忘记了刚才看护吩咐你的话吗？"她说话的声音已有点抖颤，而且她的头低低地垂下，我不能再求了。好吧！任我们同在这一室中，为了病把我们分隔得咫尺天涯；临别了，还不能和她联床共话消此长夜，人间真有许多想不到梦不到的缺憾。我们预想要在今夜给漱玉饯最后的别宴，也许这时候正在辉煌的电灯下各抱一壶酒，和泪痛饮，在这凄楚悲壮的别宴上，沉痛着未来而醺醉。哪知这一切终于是幻梦，幻梦非实，终于是变，变异非常；谁料到凄哀的别宴，到时候又变出惊人的惨剧！

　　这间病房中两张铁床上，卧着一个负伤的我，卧着一个临行的她，我们彼此心里都怀有异样的沉思，和悲哀：她是山穷水尽无路可通，还要挣扎着去投奔远道，在这冰天雪地，寒风凄紧时候；要践踏出一条道路，她不管上帝付给的是什么命运。我呢，原只想在尘海奔波中消磨我的岁月和青春，哪料到如今又做了十字街头，电车轮下，幸逃残生的负伤者！生和死一刹那间，我真愿晕厥后，再不醒来，因为我是不计较到何种程度

第五章
纵使慢，也要驰而不息

才值得死，希望得什么泰山鸿毛一类的虚衔。假如死一定要和我握手，我虽不愿也不能拒绝，我们终日在十字街头往来奔波，活着出门的人，也许死了才抬着回来。这类意外的惨变，我们虽不愿它来临，然而也毫无力量可以拒绝它来临。

我今天去学校时，自然料不到今夜睡在医院，而且负了这样沉重的伤。漱玉本是明晨便要离京赴津的，她哪能想到在她临行时候，我又遭遇了这样惊人心魂的惨劫！因之我卧在病床上深深地又感到了人生多变，多变之中固然悲惨凄哀，不过有时也能找到一种意想不及的收获。我似乎不怎样关怀我负伤的事，我只回想着自己烟云消散后的旧梦，沉恋着这惊魂乍定，恍非身历的新梦。

漱玉喂我喝了点牛奶后，她无语地又走到她床前去，我望着沉重的双肩长叹！她似乎觉着了。回头向我苦笑着说："为什么？"我也笑了，我说："不知道？"她坐在床上，翻看一本书。我知她零乱的心绪，大概她也是不能睡；然而她知我也是不愿意睡，所以她又假睡在床上希望着我静寂中能睡。她也许不知道我已厌弃睡，因为我已厌弃了梦，我不愿入梦，我是怕梦终于又要惊醒！

有时候我曾羡慕过病院生活，我常想有了病住几天医院，梦想着这一定是一个值得描写而别有兴感的环境；但是今夜听见了病人痛楚的呻吟，看见了白衣翩跹的看护，寂静阴惨的病室，凄哀暗淡的灯光时，我更觉得万分悲怆！深深地回忆到往日病院的遗痕，和我心上的残迹，添了些此后离梦更遥的惆怅！而且愿我永远不再踏进这肠断心碎的地方。

心绪万端时，又想到母亲。母亲今夜的梦中，不知我是怎样地入梦？母亲！我对你只好骗你，我哪能忍把这些可怕可惊的消息告诉你。为了她我才感谢上苍，今天能在车轮下逃生，剩得这一副残骸安慰我白发皤皤的双亲。为了母亲我才珍视我的身体，虽然这一副腐蚀的残骸，不值爱怜；但是被母亲的爱润泽着的灵魂，应该随着母亲的灵魂而安息，这似乎是暗中的声音常在诏示着我。然而假使我今天真的血迹模糊横卧在车轨上时，我虽不忍抛弃我的双亲也不能。想到此我眼中流下感谢的泪来！

路既未走完，我也只好背起行囊再往前去，不管前途是荆棘是崎岖，披星戴月地向前去。想到这里我心才平静下，漱玉蜷伏在床上也许已经入了梦，我侧着身子也想睡去，但是脑部总是迸发出火星，令我不能冷静。

夜更静了，绿帏后似乎映着天空中一弯残月。我由病床上起来，轻轻地下了床，走到窗前把绿帏拉开，惨白的月光投射进来，我俯视月光照着的楼下，在一个圆形的小松环围的花圃里中央，立着一座大理石的雕像，似乎是一个俯着合掌的女神正在默祷着！这刹那间我心海由汹涌而归于枯寂，我抬头望着

第五章
纵使慢,也要驰而不息

天上残月和疏星,低头我又看在凄寒冷静的月夜里,那一个没有性灵的石像;我痴倚在窗前沉思,想到天明后即撒手南下的漱玉,又想到从死神羽翼下逃回的残躯,我心中觉着辛酸万分,眼泪一滴一滴流到炎热的腮上。

我回到床前,月光正投射到漱玉的身上,窗帏仍开着,睁眼可以看见一弯银月,和闪烁的繁星。

> 万事都要全力以赴，
> 包括开心

彼此 / 林徽因

朋友又见面了，点点头笑笑，彼此晓得这一年不比往年，彼此是同增了许多经验。个别地说，这时间中每一人的经历虽都有特殊的形相，含着特殊的滋味，需要个别的情绪来分析来描述。

综合地说，这许多经验却是一整片仿佛同式同色，同大小，同分量的迷惘。你触着那一角，我碰上这一头，归根还是那一片迷惘笼罩着彼此。

七月！——这两字就如同史歌的开头那么有劲——八月，九月带来了那狂风，后来。后来过了年——那无法忘记的除夕！——又是那一月，二月，三月，到了七月，再接再厉地又到了年夜。现在又是一月二月在开始……谁记得最清楚，这串日子是怎样地延续下来，生活如何地变？

想来彼此都不会记得过分清晰，一切都似乎在迷离中旋转，但谁又会忘掉那么切肤的重重忧患的网膜？

第五章
纵使慢，也要驰而不息

经过炮火或流浪的洗礼，变换又变换的日月，难道彼此脸上没有一点记载这经验的痕迹？但是当整一片国土纵横着创痕，大家都是"离散而相失……去故乡而就远"，自然"心婵媛而伤怀兮，眇不知其所跖"，脸上所刻那几道并不使彼此惊讶，所以还只是笑笑好。

口角边常添几道酸甜的纹路，可以帮助彼此咀嚼生活。何不默认这一点：在迷惘中人最应该有笑，这种的笑，虽然是敛住神经，敛住肌肉，仅是毅力的后背，它却是必需的，如同保护色对于许多生物，是必需的一样。

那一晚在××江心，某一来船的甲板上，热臭的人丛中，他记起他那时的困顿饥渴和狼狈，旋绕他头上的却是那真实倒如同幻象，幻象又成了真实的狂敌杀人的工具，敏捷而近代型的飞机：美丽得像鱼像鸟……这里黯然的一搠笑是必需的，因为同样的另外一个人懂得那原始的骤然唤起纯筋肉反射作用的恐怖。

他也正在想那时他在××车站台上露宿，天上有月，左右有人，零落如同被风雨摧落后的落叶，瑟索地蜷伏着，他们心里都在回味那一天他们所初次尝到的敌机的轰炸！谈话就可以这样无限制地延长，因为现在都这样的记忆——比这样更辛辣苦楚的——在各人心里真是太多了！随便提起一个地名大家所熟悉的都会或商埠，随着全会涌起怎样的一个最后印象！

万事都要全力以赴,
包括开心

再说初人一个陌生城市的一天——这经验现在又多普遍——尤其是在夜间,这里就把个别的情形和感触除外,在大家心底曾留下的还不是一剂彼此都熟识的清凉散?苦里带涩,那滋味侵入脾胃时,小小的冷噤会轻轻在背脊上爬过,用不着丝毫锐性的感伤!

也许他可以说他在那夜进入某某城内时,看到一列小店门前凄惶的灯,黄黄地发出奇异的晕光,使他嗓子里如梗着刺,感到一种发紧的触觉。你所记得的却是某一号车站后面黯白的煤气灯射到陌生的街心里,使你心里好像失落了什么。

那陌生的城市,在地图上指出时,你所经过的同他所经过的也可以有极大的距离,你同他当时的情形也可以完全的不相同。但是在这里,个别的异同似乎非常之不相干;相干的仅是你我会彼此点头,彼此会意,于是也会彼此地笑笑。

七月在卢沟桥与敌人开火以后,纵横中国土地上的脚印密密地衔接起来,更加增了中国地域广漠的证据。每个人参加过这广漠地面上流转的大韵律的,对于尘土和血,两件在寻常不多为人所理会的,极寻常的天然质素,现在每人在他个别的角上,对它们都发生了莫大亲切的认识。每一寸土,每一滴血,这种话,已是可接触,可把持的十分真实的事物,不仅是一句话一个"概念"而已。

在前线的前线,兴奋和疲劳已掺拌着尘土和血另成一种生

第五章
纵使慢，也要驰而不息

活的形体魂魄。睡与醒中间，饥与食中间，生和死中间，距离短得几乎不存在！生活只是一股力，死亡一片沉默的恨，事情简单得无可再简单。尚在生存着的，继续着是力，死去的也继续着堆积成更大的恨。恨又生力，力又变恨，惘惘地却勇敢地循环着，其他一切则全是悬在这两者中间悲壮热烈地穿插。

在后方，事情却没有如此简单，生活仍然缓弛地伸缩着；食宿生死间距离恰像黄昏长影，长长的，尽向前引伸，像要扑入夜色，同夜溶成一片模糊。在日夜宽泛的循回里于是穿插反更多了，真是天地无穷，人生长勤。生之穿插零乱而琐屑，完全无特殊的色泽或轮廓，更不必说英雄气息壮烈成分。斑斑点点仅像小血锈凝在生活上，在你最不经意中烙印生活。

如果你有志不让生活在小处窳败，逐渐减损，由锐而钝，由张而弛，你就得更感谢那许多极平常而琐碎的摩擦，无日无夜地透过你的神经，肌肉或意识。

这种时候，叹息是悬起了，因一切虽然细小，却绝非从前所熟识的感伤。每件经验都有它粗壮的真实，没有叹息的余地。

口边那酸甜的纹路是实际哀乐所刻画而成，是一种坚忍韧性的笑。因为生活既不是简单的火焰时，它本身是很沉重，需要韧性地支持，需要产生这韧性支持的力量。

现在后方的问题，是这种力量的源泉在哪里。决不凭着平日均衡的理智——那是不够的，天知道！尤其是在这时候，情感就在皮肤底下"踊跃其若汤",似乎它所需要的是超理智的冲动!

现在后方被缓的生活,紧的情感,两面摩擦得愁郁无快,居戚戚而不可解,每个人都可以苦恼而又热情地唱"终长夜之曼曼兮,掩此哀而不去",或"宁溘死而流亡兮,不忍为此之常愁!"支持这日子的主力在哪里呢?你我生死,就不检讨它的意义以自大。也还需要一点结实的凭借才好。

我认得有个人,很寻常地过着国难日子的寻常人,写信给他朋友说,他的嗓子虽然总是那么干哑,他却要哑着嗓子私下告诉他的朋友:他感到无论如何在这时候,他为这可爱的老国家带着血活着,或流着血或不流着血死去,他都觉到荣耀,异于寻常的,他现在对于生与死都必然感到满足。

这话或许可以在许多心弦上叩起回响,我常思索这简单朴实的情感是从哪里来的。信念?像一道泉流透过意识,我开始明了理智同热血的冲动以外,还有个纯真的力量的出处。信心产生力量,又可储蓄力量。

信仰坐在我们中间多少时候了,你我可曾觉察到?信仰所给予我们的力量不也正是那坚忍韧性的倔强?我们都相信,我们只要都为它忠贞地活着或死去,我们的大国家自会永远地向前迈进,由一个时代到又一个时代。

我们在这生是如此艰难,死是这样容易的时候,彼此仍会微笑点头的缘故也就在这里吧？现在生活既这样的彼此患难同味，这信心自是，我们此时最主要的联系，不信你问他为什么仍这样硬朗地活着，他的回答自然也是你的回答，如果他也问你。

信仰坐在我们中间多少时候了？那理智热情都不能代替的信心！

思索时许多事，在思流的过程中，总是那么晦涩，明了时自己都好笑所想到的是那么简单明显的事实！

此时我拭下额汗，差不多可以意识到自己口边的纹路，我尊重着那酸甜的笑，因为我明白起来，它是力量。

话不用再说了，现在一切都是这么彼此，这么共同，个别的情绪这么不相干。当前的艰苦不是个别的，而是普遍的，充满整一个民族，整一个时代！我们今天所叫作生活的，过后它便是历史。客观的无疑我们彼此所熟识的艰苦正在展开一个大时代。所以别忽略了我们现在彼此地点点头。且最好让我们共同酸甜的笑纹，有力地，坚韧地，横过历史。

万事都要全力以赴,
包括开心

青年人怎样锻炼自己[①] / 谢觉哉

青年人第一要有志气

一个人有无成就,决定于他青年时期是不是有志气。不论是在过去旧社会或在今天新社会里,凡是那种马马虎虎、得一天过一天的人,总不会有什么出息的。中国历代有许多大学者和大政治家,也常常讲"志气",如王阳明就说过"志不立,天下无可成之事";三国时代的诸葛亮曾经告诫他的外甥说"夫志当存高远",用我们现在的话来说,就是一个人要有远大的理想。古人尚且这样强调立志,我们生活在社会主义社会的青年,社会客观情况如此好,党和毛主席为我们开辟了这样广阔的道路,难道我们还有什么阻碍不能够做一个有志气的人吗?

孔夫子讲:"吾十有五而志于学,三十而立。"他十五岁

---

① 在党成立四十周年纪念日的前夕,中国青年社记者访问了谢觉哉同志,请他讲讲有关青年们成长的问题。这是谈话记录。

第五章
纵使慢，也要驰而不息

的时候就树立了志气，到三十岁就站得住、立得稳了。即是说有了坚定的立场了，虽然孔夫子的立场，并不是我们的立场。人从十五岁至三十岁，是黄金时代。一个人到了十五岁，就应该想想自己将来要做个什么样的人。青年同志和中年人老年人不一样，在你们的前面道路还很长，还有好几十年，如果没有一个志向，将如何度过这几十年漫长的道路呢？一个胸无大志的人，或者是容易满足现状，停滞不前，庸庸碌碌地度过一生；或者是常常被个人生活上的一点小事如家庭、婚姻、名利、地位等烦扰，最后毁了自己。可见树雄心、立大志是关系到青年一生成长的重大问题。这里，我不是说成年或老年人不要立志，他们只要有志，一样能有成就，不过总是老了些，很多地方赶不上青年人。

在旧社会里，立志还苦于找不到正确的方向。现在不同了，摆在青年面前的革命道路是宽阔的，大方向是清楚的，只需要在大方向里面确立自己的具体方向，也就是说在革命中具体做什么和如何做。比如你在十五岁以后，客观条件允许你上学，那么你就要考虑学什么，将来才能为社会主义建设出力更大；假如你十五岁以后就从事工作，如果是从事农业生产，你就应当立志做一个农业生产的能手，农业专家，对社会主义的农业要有所建树；如果你从事文教工作，比如像你们当新闻记者，你就要打算在新闻事业上有所成就，要深刻地了解和研究社会各方面的情况，使你的工作真正起到推动社会前进的作用。总之，任何职业都不简单，如果只是一般地完成任务当然不太困难，但要真正在事业上有所成就，给社会做出贡献，就不是那么容易的。所以，搞各行各业都需要树雄心立大志，有了志气才会随时用高标准来要求自己。而不是像有些青年想得那么简单：反正一切都由党安排好了，自己不必再考虑什么，照着办就行了。那是懒汉思想，没有志气的表现。

青年人要勇于斗争

青年人要勇于同困难作斗争，同一切不良倾向作斗争。

困难总是有的。在过去革命斗争中，每前进一步，都要遇到和克服各种各样的困难。有阶级敌人造成的困难，如压迫、限制、白色恐怖、围剿封锁等，也有其他的困难，如物质困难及战争中过草地、雪山等。现在我们进行社会主义建设，仍然有各种困难：主观上的困难，如能力不够，知识不足等；客观上的困难，如社会条件、自然条件给我们的各种限制等。总之，前进中克服一重困难，必又遇到新的困难。困难是客观存在的事实，你不承认它是不行的。

但任何困难，只要你不怕它，敢于和它斗争，就可以克服它；如果你怕它，向它投降了，你就不能前进。比如党号召青年参加

第五章
纵使慢，也要驰而不息

农业生产，支援农业第一线。有的人说，农村劳动累，怕困难不愿去。可是，你不去谁去呢？都不去就只好大家饿肚子。而事实上，我们全国六亿多人口中，绝大多数人是安家落户在农村的。许多青年的父母，就一直是在农村参加农业生产，难道他们没有困难，年老的父母都不怕困难，年轻的儿女倒怕起困难来了。也有许多青年是不怕困难的，如徐建春、宋喜明、邢燕子等，他们勇于和困难斗争，最后终于战胜了种种困难，不仅在农业生产上创造了光辉的成绩，而且把自己也锻炼得更成熟更坚强。

旧社会的少爷小姐，他们生活上就没有什么困难，可是那些人没有几个是健康的。《红楼梦》里的林黛玉就很不健康，弱不禁风。前晚我们看秦腔《蝴蝶杯》的戏，那个总督的儿子卢世宽，体弱不堪一击，在龟山被田玉川几拳就打死了。因为这些人都是饭来张口，衣来伸手，四肢从来没有锻炼过。

可见，困难不仅可以磨炼我们的意志，还可以锻炼我们的身体。因此，我认为，青年时期，最好是少讲舒适享受，而是多去找一些苦吃。工作时，主动到最困难的岗位上去，去农村，去基层，去边疆，不要企求风平浪静的生活；学习时，要去攻破最难攻的堡垒。这样来锻炼自己，就会成长得更快。

青年人要勇于和一切不良倾向作斗争。

毛主席说："一个共产党员，应该是襟怀坦白，忠实，积极，以革命利益为第一生命，以个人利益服从革命利益；无论何时何地，坚持正确的原则，同一切不正确的思想和行为作不疲倦的斗争，……"（《反对自由主义》）共产党员应该是这样，共青团员和每个革命青年也应当这样要求自己。明明见到损害人民利益的事，不去进行斗争而听之任之，就不是真正的革命者，也不是真正有志气的人。

对不良倾向作斗争是需要勇气的，没有勇气就斗争不起来。所谓勇气，就是要不怕得罪人，不怕牺牲某些个人利益。有些人有时心里明明晓得那些事不对，但嘴里却不讲。怕什么？无非是怕挨批评，怕穿小鞋。当然，有些事还没有搞清楚就冒昧与人抵抗，是不好，对于这些事可以采取保留态度，暂不发表意见；可是，有些已经看清的事，就要大胆讲出自己的意见。

敢想、敢说也是一种斗争。首先要和自己的旧思想作斗争。想，本来是个人脑子里的活动，为什么也不敢呢？就因为打不破旧框框的束缚，思想还没有解放出来，碰到一件事不敢从正面、反面、侧面多去想想。连想都不敢想又怎敢说呢？没有想也就没得说的，没好好想就说，岂不成了信口开河吗？所以敢说还得首先敢想，想通了就说。

敢想、敢说、敢做、敢于与不良倾向斗争，青年人应该有这种勇气。

第五章
纵使慢，也要驰而不息

青年人要吃苦耐劳

中国有句古话："吃得苦中苦，方为人上人。"想做人上人，是阶级社会中一种向上爬的思想反映。我们是反对做人上人的，但我们却主张要吃苦耐劳，吃得苦中苦，方知甜中甜。没有吃过苦的人，也很难知道什么是真正的甜。有个老工人说得好，他说："我们是吃黄连长大的，今天吃到糖就觉得特别甜；现在的青年是吃蜂蜜长大的，所以吃糖也不觉得多甜。"的确，现在有些青年，对旧社会的生活缺乏体验，对今天美好的生活也感受不深，稍不如意，就有埋怨情绪，埋怨上面没照顾，甚至埋怨我们的工作方向。

我们说，目前生活的确还有一些困难，但我们必须看到整个社会的物质生活是比过去大大提高了，物质生产不是减少而是增多了。那么为什么还会产生某些物质供应不足的情况呢？除了近两年连续遭受特大灾害和某些地区工作上还存在一些缺点外，最根本的原因是现在消费大大增加了。拿粮食来说，过去很多人吃粮食吃得很少。据我看到的举几个例子：

在延安时，有一次军队打仗到横山，村子里有一个贫苦老头，他说他活了一辈子，只吃过两次白面。那时候，不仅是贫雇农吃粮食困难，就是一般中农也吃粮食很少。一九四七年我住在山西临县后甘村，那是一个比较富裕的村，但老百姓每人

万事都要全力以赴,
包括开心

每年也只能吃到一百三四十斤粮食,我看到他们吃饭时,每人捧着个大碗,碗里尽是稀汤,看不见多少渣子。我问他们一年吃多少盐,他们说每人一年只吃一斤盐,因为他们吃菜很少。去年我到山西,那里平均每人每年可以吃到的粮食,比过去增加一倍或一倍还要多,虽然还不算富裕。

棉布也是这样。现在有人嚷棉布供应量太少。但如果想想旧社会有多少人不穿衣服,和花纱布公司不发生关系。那么,看到今天大小男妇都穿得整齐,很难碰着衣服褴褛的,就不禁要欢舞了。我举几个你们永远看不到而我曾经看到的事:云南、贵州、四川、甘肃等省有的地方,十七八岁的穷家女孩子不穿裤子是常事。要订了婚,女婿家送了布来才开始做衣服。这是我们长征时看见的。

一九四八年,我们从山西到河北平山,路过长城的杨方口。村里人出来看我们的队伍,那时是古历三月,天气还冷,我们穿着棉大衣,但那里孩子们,一丝不挂;妇女们下身穿条缀满补丁的单裤,上身光着,用两根烂布条交叉着护乳。我十分感慨,写了一首诗:

出长城口号杨方,塞外春寒景物荒;
儿裸全身娘护乳,给人温暖只斜阳。

第五章
纵使慢，也要驰而不息

至于睡觉的被子，更谈不上，长征时我看见老百姓家用稻草做的被子，有的用稻草叶织成，比较软，这大概是较讲究的。有一句俗语："出门把门带，防牛吃铺盖。"牛为什么吃铺盖？因为他们的铺盖是用稻草织成的，又没有布套子。这些情形，不是亲眼看到，真是难于相信。

现在怎样？人民生活比以前好多了，生活水平提高得很快。旧社会的小康之家，也没有达到我们今天的一般生活水平。当然目前物资有限，还不能充分满足人们的需要，于是有些人就叫嚷，说现在买东西不方便。不方便，一方是还说明物资有限，另一方是说明人人都买得起。青年人不要不明情况跟着乱喊。要回忆、要对比。老一辈人那样的困难我们已没有了，今天这一点子困难还吃不了吗？

我们吃苦耐劳，并非对艰苦抱消极忍耐的态度，而是要采取积极奋斗的态度。一方面要认清现在生活比过去好得多了，另一方面还要继续艰苦奋斗，不要满足现状。即使到了将来生产高度发展，物资极大丰富的时候，我们也不能停步，还要继续向前发展。青年人在生活享受上要和艰苦的老一辈比，和现在还艰苦的人比，而在事业上要永不满足，要和比自己强的比，要创造最美好的理想的社会，不仅要弥补老一辈人的缺陷，而且要为更后一辈人奠定更坚实的基础。

万事都要全力以赴，
包括开心

青年人要努力学习

"做到老学不了"这句话在我们年老的人另有一层意义，就是精力衰退，真的"学不了"了，悔年轻力壮的时候没有好好学习。因而很希望现在年轻人——像你们，切不要辜负目前的大好光阴。列宁说过：青年的任务是学习、学习、再学习。毛主席教导青年要身体好、学习好、工作好。青年一代将来要领导国家，不学好本领怎么行？所以青年人要努力学习。怎么学呢？据我体会，要真正学到东西，有下面三点：

第一，学习必须联系实际。现在大家都在学习毛主席著作，毛主席思想是实事求是的最高典范。我们要学习毛主席的思想，也必须实事求是。毛主席的一切著作都是从实际中来的，因之，我们学习时就不能书上怎么说我就怎么说，照本宣读地学几条条文，而应该是学哪篇文章，就要联系它当时的实际，去体察主席的思想是怎么从实际中产生的。比如学习《毛泽东选集》第四卷中阐述主席军事思想的文章时，就得了解那时战争的形势，敌人军队的情况和我军的情况，这样才能真正领会主席在当时为什么要做出那样的决定。这是联系实际学习的一个方面；另一方面，学习毛主席著作还要把主席思想运用到今天的实际生活中去，去试验、去证实、去领会主席思想的正确性，体会主席思想到底好在哪里。只有这样才能真正把主席思想学到手。

第五章
纵使慢，也要驰而不息

学习其他理论也应该如此。

第二，要善于从经验教训中学习。每个人的一生中，总会有许许多多经验教训的，这些经验教训都可以作为自己学习的借鉴。比如学写文章，我有一次很重要的教训。那就是一九三三年，我初到江西苏区给毛主席当秘书。起草两份通知，主席把我写的都删改掉了，一个字也未留。我想，我弄笔杆子多年了，为什么这样的文章都写不好呢？我问主席，主席很和蔼地望了我一阵，只讲了一句："你学吧！"这句话给我启发很大，我认识到现在的文章不是过去的文章，我过去的文章都是写给知识分子看的，要讲些不着边际的道理，越是别人看不懂，就越表示自己的学问深。现在是写给工人农民看的。许多工人农民不识字，要念起来他们都能听懂。讲的什么事就是什么事，要解决他们的问题，一句话也不可弄玄虚。以后，我就注意向毛主席的文风学习。当然，直到现在我还学得很不够。这个教训，对你们做记者工作的人有用处，对学习其他学科的人也很有用的。

第三，学习不仅要广，还要精，要真正打中自己的要害。常常听到有些青年人说，自己读了不少书，可是收效不大。其实我觉得读成堆成堆的书，当然有好处，但必须真正能够抓住要领，落实在一点上，真正把这一点学懂了，学透了，那么正如古人说的，可以"终身受用不尽"。青年人要多看点书，要广泛吸取知识，特别是要学好语文、数学等基础知识，但是要注意让知识在自己头脑里消化。把书本上学到的知识，通过自己的思考，并通过自己的行为，使它变成为自己的东西。学和行本来是有机联系着的，学了必须要想，想通了就要行，要在行的当中才能看出自己是否真正学到了手。否则读书虽多，只是成为一座死书库。这种学习对于提高我们建设社会主义的本领没有多大好处。

以上说的并不完全，只是我对青年同志们的一点希望。

第五章
纵使慢,也要驰而不息

感谢和喜悦 / 废名

我常常怀着感谢同时有极大的喜悦的感情,原因就是我从中国共产党受了教育。在新中国成立前我万万想不到在文学方面我还有这么多的工作可做,我以为我已经走进死胡同里面去了的。关键在于思想改造。一九五二年以后,我感到我的业务范围扩大了,同时仿佛水平也提高了,我跃跃欲试!一方面知道个人的能力有限,一方面确是前途大有可为。所以我于感谢共产党之外,又喜于自己有补过的勇气和信心。

我过去对中国古代的一些杰作,杜诗、《水浒传》《红楼梦》,甚至对现代鲁迅的著作,都不懂得,想起来真是可怕的事!我说不懂得,不是不懂得它的语言,语言我倒是很懂得,就是不懂得它的意义。一九五二年十月以后,我开始想到孔夫子一句话,"温故而知新,可以为师矣"。那意思大约是说重读旧日读的书,而了解大不同了,能够有新的了解。我首先重读鲁迅的著作。

> 万事都要全力以赴,
> 包括开心

　　我读到《华盖集》里面的一篇《并非闲话》（二），真是掩卷深思，我懂得什么叫作立场问题了，过去我就不能懂得这个，鲁迅先生的伟大就因为他的立场总站在人民方面。那是一九二五年北京的事，两个美国兵打了中国的车夫和巡警，中国人民聚了百余人要打这两个美国兵，美国兵逃进东交民巷（半殖民地中国的外国使馆区域，驻有外国兵！）里面去了，中国人民当然就不能进去打，进去打就要惹出祸事来。中国的反动知识分子乃用"闲话"做题目讥笑中国人民："打！打！宣战！宣战！这样的中国人，呸！"鲁迅先生的《并非闲话》（二）就是痛骂反动知识分子，我注意到里面这两句话："他们为什么不打的呢，虽然打了也许又有人说是'拳匪'。"鲁迅先生这时还没有接受马克思列宁主义，对义和团反帝国主义的性质还认识不清楚，在自己的文章里叙到义和团的事情还总是用"拳匪事件"字样，而一参加实际斗争，就站在义和团——人民的立场上来了！我读到这里，仿佛鲁迅先生今天教育了我，要懂得什么叫作立场——其实是中国共产党教育了我！

　　重读杜诗，处处有新的问题，好比向来有名的《赠卫八处士》，我想，这首诗明明是同三"吏"、三"别"在同一年春天诗人在同一旅途当中写的，在《新安吏》里，"县小更无丁""次选中男行""肥男有母送，瘦男独伶俜"，何以"处士"家庭男女成行迎接来客很像"桃花源记"里面的世界呢？

第五章
纵使慢，也要驰而不息

这却是真实的历史，是地主阶级，"生常免租税，名不隶征伐"的历史。

我过去读《水浒传》很不佩服武松，现在丝毫也不是假装今日之我同昨日之我战，思想感情自然地变了，我真爱武松这个人物，《水浒传》写了武松报仇雪恨火一般的愤怒之后，特地来一场十字坡同孙二娘打架的描写，庄严诙谐，顶天立地，好一个英雄本色。不懂得这种文章之美者，无目者也。我过去就是"无目"，所以然还是立场的关系，感情不能站在武松这一面，就很容易受外国的资产阶级文学观点的毒。我现在想把《水浒传》好好地分析一番，把它的好处告诉青年读者。

当我最初读到批评俞平伯先生《红楼梦简论》的文章，受的启发真不小，那时我正在害眼病，禁不住托人买了《红楼梦》重新读了一遍。我笑我过去真是渺小。我记得我从前在北京大学做学生时不很看重《红楼梦》，原因是以为曹雪芹不懂得李商隐的诗，《红楼梦》里面说李商隐的诗只有"留得枯荷听雨声"一句好。这表现我的兴趣多么狭隘，那么佩服李商隐。我至少也写了十年的小说，正因为对于《红楼梦》的现实主义的精神望尘莫及，所以自己一事无成。

我还没有来得及系统地作文艺理论的研究，但个人的科学水平从几年来看报跟着大家一路提高了，我觉得我们现在一般的文艺爱好者比五四初期北京大学执教鞭的人要高一层。我自

> 万事都要全力以赴,
> 　包括开心。

己现在说话能够不玄妙（过去就是玄妙，玄妙就是唯心！），能够说得具体，说得明白，仔细一想原来就不外"语言""形象""典型"几个范畴在那里发生作用，解决问题，多么真实，多么有趣啊！周扬同志在《建设社会主义文学的任务》的报告里提出建设我国的马克思主义的文艺理论的任务，我很想做一名志愿兵。

图书在版编目（CIP）数据

万事都要全力以赴，包括开心 / 丰子恺等著 . -- 北京：中国致公出版社，2023
 ISBN 978-7-5145-1986-0

Ⅰ.①万… Ⅱ.①丰… Ⅲ.①散文集 – 中国 – 当代 Ⅳ.① I267

中国版本图书馆 CIP 数据核字（2022）第 074549 号

万事都要全力以赴，包括开心 / 丰子恺 等著
WANSHI DOUYAO QUANLIYIFU, BAOKUO KAIXIN

出　　版	中国致公出版社
	（北京市朝阳区八里庄西里 100 号住邦 2000 大厦 1 号楼西区 21 层）
发　　行	中国致公出版社（010-66121708）
责任编辑	丁琪德
策划编辑	赵荣颖　赵九州
责任校对	吕冬钰
封面设计	壹诺设计
责任印制	龚君民
印　　刷	天津旭丰源印刷有限公司
版　　次	2023 年 3 月第 1 版
印　　次	2023 年 3 月第 1 次印刷
开　　本	880mm×1230mm　1 / 32
印　　张	8
字　　数	160 千字
书　　号	ISBN 978-7-5145-1986-0
定　　价	45.00 元

（版权所有，盗版必究，举报电话：010-82259658）
（如发现印装质量问题，请寄本公司调换，电话：010-82259658）